마 음 도
잘 ———
퇴근했나요

마음도 잘 퇴근했나요

양현길 지음

마인드 빌딩

3단계 관계 속 —— 거리두기

4단계 거리두기 —— 그 이후

들어가며

일을 못하게 되면 어떡하지?
상사에게 또 혼나면 어떡하지?
나중에 갈 곳이 없으면 어떡하지?

회사는 나의 전부였다. 월화수목금금금. 매일 반복되는 야근. 불안은 또 다른 불안을 데려왔다. 그리고 불안은 불만으로, 불만은 불평으로, 불평은 불화로 이어졌다. 모든 사람들이 내 뒤에서 수군대는 것 같았다. 그럴 때마다 더 강박적으로 일에 몰두했다. 그런데 이상했다. 일을 열심히 하는데도 불안은 사라지지 않았다.

퇴근 후에도 불안한 마음에 회사 이메일을 자주 확인했다. 가족들의 주말 나들이에서도 상사의 업무 지시가 떨어지면 주저 없이 사무실로 향하곤 했다. 그게 옳다고 믿었다. 회사에 더 열심히 몸을 바치면 내 가족의 안락과 사회적 인정을 얻으리라 믿었다.

그러다 결국 몸과 마음이 고장 나기 시작했다. 주말 저녁이 되면 출근 생각으로 숨이 가빠지고 가슴이 두근거렸다. 출근길이 마치 그린마일(사형수가 사형 집행을 받기 위해 걸어가는 초록색 복도) 같았다.

그리고 어쩌다 오랜만에 가족들과 얼굴을 맞대면 왠지 어색했다. 뭔가 잘못되고 있는 게 분명했다.

직장 생활은 인식하지 못할 정도로 서서히, 소리 없이, 무겁게 나를 짓눌렀다. 이대로는 안 되겠다 싶어 회사와 거리두기 할 것들을 하나둘 적어 내려갔다.

주말에는 회사 생각하지 않기.
퇴근 후 회사 메일 확인하지 않기.
언제나 가족이 첫 번째일 것.
남의 몫까지 일하지 말 것.

시작은 낙서처럼 보잘것없었지만 얼마 지나지 않아 놀라운 일들이 벌어졌다. 주말 저녁이면 두근대던 가슴은 더 이상 미친 듯 날뛰지 않았고 매일 저녁 아내와 대화하는 시간이 늘어났다. 회사에서는 내게 업무 조언을 구하는 동료들이 생겨났고 가끔 그들과 소주 한잔 기울이며 회사 욕을 하기도 했다. 비로소 내가 살아 숨을 쉬고 있는 것이 느껴졌다. 불행에서 행복으로 이어지는 길은 아주 가깝고 쉬운 곳에 있었다.

나로부터.

즐거운 직장 생활은 여기에서 시작됐다.

1 단계

직장 생활 속 거리두기

1

마음도 잘 퇴근했나요?

금요일 퇴근 시간, 피곤에 찌든 몸을 끌다시피 해 간신히 집에 도착했다. 집만큼 편안한 공간이 있을까. 집에 도착하자마자 마주한 가족과의 저녁식사와 대화는 따뜻함을 한가득 나에게 안겨 주었다. 이제 일요일까지 휴식과 여유를 맘껏 누리리라. 소파에 온 마음을 풀어헤치고 뒹굴뒹굴 스마트폰 속 유튜브에 푹 빠져 본다. 이 시간은 한 주간 직장에서 시달린 나에게 주는 선물이다.

바로 그때 갑자기 회사 생각이 떠오른다. 스마트폰 화면은 유튜브에서 회사 메일 사이트로 바뀐다. '뒤로 가기' 버튼을 누르려고 했지만, '혹시나' 하는 생각이 든다. 결국 회사 메일 계정에 로그인하고 만다.

다행히 새로운 메일은 없다. 그런데 그림자처럼 '내가 지금 뭐 하는 거지? 나 퇴근했잖아' 하는 생각이 드리워진다. 곧, 금요일 꿈같은 저녁 모드로 돌아온다. 하지만 한번 연결된 회사 생각은 끊어지지 않는다. 인사 평가, 다음 주에 해야 할 업무들, 동료들과 나누었던 날 선 대화들이 내 머릿속에 들어왔다가 사라지고, 다시 들어온다.

고개를 절레절레 흔들면서 회사 생각을 떨군다. 하지만 의지와는 달리 머릿속에서 회사 프로젝트에 대한 회의가 자연스럽게 진행된다.

'월요일에 출근하면 바로 메일 보내야지. 아니야, 대표님께 구두로 일단 보고해야 해. 근데, 일단 프로젝트 진행 상황 체크부터 해야 하는 거 아닌가. 아니면 타 부서 담당자에게 미팅을 요청해 볼까.'

결국 금요일 밤에 시작된 회의는 주말 내내 이어졌다. 그렇게 회사 생각이 머릿속에서 야근을 했다. 분명히 몸은 퇴근했는데 마음은 회사에 머물렀다.

당신도 이 같은 상황을 겪어 본 적이 있을 것이다. 회사 생각을 계속하는 게 업무에 도움이 된다면 그나마 낫다. 하지만 생각들 중 대부분은 일어날 가능성이 0%에 가까운 쓸데없는 걱정이다. 머릿속에서 떠돌던 '이렇게 해야지 저렇게 해야지' 했던 생각들도 막상 월요일에 일터로 복귀하면 생각조차 나지 않았다.

우리가 정신적 퇴근을 하지 못하는 이유는 내면의 두려움과 불안감 때문이다. 예를 들어 회사에서 진행하고 있는 프로젝트가 잘될까 하는 걱정이 드는 순간 우리는 깔끔한 퇴근을 할 수 없다. 몸은 비록 집의 소파에 앉아 있어도 말이다.

업무뿐만 아니라 다른 직원들과의 관계에 대한 두려움도 우리 마음을 퇴근시키지 못한다. 동료들이 나에 대한 비난과 저주를 퍼붓지 않을까 하는 생각이 시작되면 퇴근은 미뤄진다. 부하 직원이 했던 못된 행동들이 머리에 남아 있어도 그렇다. 회사를 그만두는 건 아닌지 걱정하고, 다음 주에 출근하면 어떻게 피드백을 줄지 한참 고민한다. 이렇게 실체가 분명하지 않은 불안은 몸이 퇴근했는데도 마음을 회사에 남겨둔 채 뭔가를 자꾸 불러온다.

우리가 이렇게 두려워하고 불안해하는 이유는 나라는 사람이 회사와 동일화되었기 때문이다. 나라는 사람의 가치가 프로젝트 또는 동료들과의 관계와 연결되어 있다고 믿는다. 이것은 우리가 어떻게 마음먹느냐 하는 문제가 아니다. 나도 모르게 연결되어 있는 상태다. 프로젝트가 잘되면 나 자신이 훌륭해지는 것이고, 잘 안되면 나라는 사람이 별로라고 결론이 나는 것이다.

이런 불안감과 두려움이 커질수록 우리는 퇴근하지 못하고, 계속해서 회사에 마음을 두고 올 수밖에 없다. 아무리 우리의 몸이 휴식 공간에 있더라도, 내 의식은 언제든지 회사로 갈 채비를 갖추고 있다.

이 상황은 굶주린 사자 한 마리가 10미터 전방에 서서 끊임없이 우리를 노려보고 있는 것과 마찬가지다. 이 사자의 먹잇감이라고 내가 생각하고 있는데, 이런 상황에서 과연 제대로 쉴 수 있을까? 언제 먹힐지 모르는 두려움과 불안감에 쉴 수 없는 건 당연하다. 내 생존이 달린 문제이기 때문에 이 상황은 내게 무척 중요할 수밖에 없다.

우리가 회사 프로젝트가 나 자신보다 중요하다고 여기게 되는 이유는 여기에서 비롯된다. 그러다 보니 내가 일을 조절하며 할 수 있는데도 불안감에 쉬지 못하고 회사를 벗어나지 못하는 상황이 반복된다. 누구나 최선을 다해 업무를 수행하려고 한다. 하지만 온전한 쉼이 없는 업무는 결국 자신을 무너뜨릴 것이다.

온전한 쉼은 이런 불안과 두려움에서 벗어나야 비로소 찾아온다. 회사에 다급하고 중요한 일들이 있다면 쉼 없이 달려야만 할 때도 있다. 그런데 언제까지나 주말 잠자리를, 심지어 꿈속마저 회사 업무로 채우며 살아갈 수는 없다.

퇴근하면 개인적인 삶이 펼쳐진다. 가족, 친구를 만나고 있을 수도 있고, 공부를 하고 있을 수도, 아니면 아무것도 하지 않고 쉬고 있을 수도 있다. 주말 내내 나에게 주어진 삶이다. 회사에 들어가면 회사원으로서의 삶이 있듯, 주말에 내가 살아가야 하는 삶이 있다. 두려워하거나 불안해할 필요도 없다. 지금 주말에 내가 생각하고 있는 회사 일은 허상이기 때문이다. 실제로 일어날 가능성도 낮고, 불안해하고 있기 때문에 왜곡되었을 가능성이 높다.

혹시 퇴근 후 회사 생각 어딘가에 머무르고 있다는 게 느껴진다면 빨리 당신만의 소중한 지금 이 순간으로 돌아오길 바란다. 혼자 있다면 자신을 위해서, 가족을 비롯해 소중한 이와 있다면 그들과 함께 기억될 즐거운 추억의 시작인 지금을 위해서 말이다.

2

월급 루팡의 사라진 자산

일을 열심히 해도, 하지 않아도 어차피 이달 급여는 똑같은데 꼭 열심히 일을 해야 할까?

일이 정말 안될 때 들었던 생각이다. 그날은 하루에 업무 집중 시간이 두 시간 남짓 되었다. 해야만 하는 업무를 내일로, 또 그다음 날로 계속 미루었다. 이달은 지난달과 비교했을 때 50% 정도밖에 업무를 하지 않았다. 그래도 이달 급여는 지난달과 동일했다.

'이득을 본 느낌이다. 일을 적게 하고 똑같은 급여를 받았으니 가성비가 좋네.'

우리 회사에는 유명한 월급 루팡이 잔뜩 있는 부서가 있다. 그들의 평균 업무 시간은 많으면 네 시간이다. 어느 날은 하루 업무 시간이 두 시간인데, 하루 종일 딴짓을 하곤 했다. 부서 자체가 업무량이 많지 않았을 뿐만 아니라 부서장이 시간이 많이 들고 노력이 필요한 업무들은 교묘하게 다른 부서로 넘기곤 했다.

대부분 동료들은 그 부서에 대해 알고 있지만 회사 경영진은 업무량이 많은 줄로 착각하고 있었다. 그 부서장이 맡은 업무량을 잘 부풀려서 경영진들에게 보고했기 때문이다.

단순히 생각하면 이렇게 최소한의 일만 하고 최대한의 급여를 받는 직원들이 무조건 이득이다. 다른 부서 동료들이 이 사실을 알고 있겠지만, 경영진은 모르기 때문이다. 그렇다면 열심히 일하는 직원들은 무조건 손해인 걸까? 아니다. 회사 생활은 그렇게 손해와 이득으로 계산하기에는 한계가 있다.

단순 손익이 아닌 자산과 부채라는 관점으로도 회사 생활을 바라볼 필요가 있다. 나도 모르게 쌓여 가는 나만의 자산과 부채 말이다.

자산, 부채는 회계 용어다. 자산이란 미래 어느 시점에 나에게 효익을 주는 것으로, 쌓일수록 저절로 수익이 난다. 물론 이 수익의 권리는 나에게 있다. 반대로 미래에 지출 의무가 발생하는 게 바로 부채다. 지금 당장은 아니지만 언젠가 내가 갚아야 할 빚이다.

회사 생활에서도 자산과 부채라는 개념이 적용된다. 위의 사례에서 언급했듯이 일을 열심히 한다고 당장 급여가 오르는 것은 아니다. 하지만 동료들은 내가 어떻게 일하고 있는지 알고 있다. 즉, 동료들 사이에서는 열심히 하는 친구라는 평판이 쌓인다. 이는 나도 모르게 쌓이는 자산이다. 반대의 경우라면 게으른 직원이라는 이미지가 쌓인다. 이건 나에게 누적되는 부채다. 자산과 부채가 언제 어떻게 작용할지 지금은 모른다. 하지만 일정 수준 이상 쌓이면 직장 생활에 장애물이 되거나 큰 이득을 가져다준다.

자산과 부채는 여러 형태로 존재한다. 프로젝트 이력과 정량적으로 표현할 수 있는 매출 성과 등 보이는 형태뿐 아니라 평판, 경험, 역량, 신뢰, 관계 등 눈에 보이지 않은 형태까지 다양하다. 그리고 자산과 부채는 시시각각 쌓이며 회사에서 타자의 눈에 비친 나를 만들어 간다.

회사 생활에서 자산: 유대감, 신뢰, 긍정적인 이미지, 경험, 역량, 성과 등

회사 생활에서 부채: 부정적인 이미지, 불신, 회피, 미숙함, 역량 부족 등

나의 경우 동료들과 쌓은 신뢰가 직장 생활에서 자산이었다. 이전 회사에서 같이 일했던 부하 직원이 있었다. 당시 열정이 많았던 때라 그가 담당하는 프로젝트를 적극적으로 도와주곤 했다. 어떤 프로젝트는 흥미로워서 내가 오히려 더 적극적으로 야근을 하면서까지 업무를 지원했다. 그런 과정을 통해 그와 나 사이에는 끈끈한 신뢰 관계가 형성되었다.

시간이 흘러 그는 스타트업 투자사 VC(Venture Capital) 심사역으로 이직했고, 나는 기술 스타트업으로 옮기게 되었다. 그리고 우리는 투자사의 심사역과 외부 투자 유치를 담당하는 직원으로 다시 만나게 되었다. 심사역으로 만난 그는 우리 회사가 투자를 받는데 많은 도움을 주었다. 그의 회사로부터 투자금을 끌어왔을 뿐만 아니라 적극적으로 다른 투자사에 우리 회사를 소개해 주었다.

아마 그 부하 직원과 신뢰를 쌓지 못했다면 투자 유치는 실패했을 가능성이 높았을 것이다. 일단 내 연락 자체를 받지 않았을 것이다. 그리고 VC 업계는 좁기 때문에 금방 소문이 난다. 그 부하 직원이었던 심사역도 우리 회사가 투자 유치를 한다는 소식을 들었을 것이고, 나와의 관계 여부에 따라서 전혀 다른 결과가 나타났을지도 모른다.

회사 생활에서 쌓이는 또 다른 자산 중에 '경험'이 있다. 최선을 다하는 것만으로도 자산을 저절로 얻을 수 있다. 예를 들어, 개발자로서 최근에 나온 기술을 직접 적용해 보고 온갖 시행착오를 겪은 건 정말 소중한 자산이다. 경영 부서에 있으면서 다양한 사람들을 겪어 보고 희로애락을 함께한 경험도 무시하지 못할 나만의 자산이다. 내가 회사 생활을 게으르게 한다면 연차는 쌓여 가는데 얻을 수 있는 경험은 적을 것이다. 이것은 부채로 이어진다. 당장 회사를 편하게 다닐 수 있다. 하지만 충분한 경험을 쌓지 못한 나는 언젠가 도태될 것이다. 그리고 부족한 경험은 지금 회사뿐만 아니라 이직을 하거나 창업을 할 때도 부정적인 영향을 준다.

이렇게 자산과 부채는 설사 회사를 떠나도 계속해서 나에게 도움을 주기도, 대가를 치르게도 한다. 오히려 급여와 같은 지금 당장의 이익은 회사를 떠나면 사라지게 된다.

파괴적인 행동은 부채를 쌓이게 한다. 툭하면 폭언과 욕설을 일삼는 상사를 만난 적이 있다. 그때 '이 회사는 도대체 이런 자를 안 자르고 뭐 하는 거지?' 하는 생각을 한 적이 있었다. 오히려 회사는 고성과 직원이었던 그 상사에게 우수 직원 표창을 주기도 해서 많은 논란을 일으켰다. 견디다 못한 부하 직원들이 폭력적인 행동 내용을 회사에 알렸고, 직장 내 괴롭힘으로 인정되어 그는 다른 부서로 쫓겨났다. 그리고 결국 그 상사는 회사를 그만뒀다. 파괴적인 행동이라는 부채가 계속 쌓이고, 걷잡을 수 없이 커져 본인에게 악영향을 준 사례다.

자산과 부채는 이렇게 장기적으로 작동한다. 그것들은 당장 눈에 띄지 않아서, 우리가 잘 느끼지 못하는 경우가 많다. 하지만 보이지 않는다고 가치까지 없는 건 아니다. 당장 월급 루팡이 부러울 수도 있다. 그런데 그동안 쌓아 온 업무 경험과 평판은 사라지지 않는다. 자산이라는 이름으로 내 안에 점점 쌓여 간다. 반대로 나의 부정적인 행동들도 부채라는 이름으로 쌓여 간다. 이들 모두 당장은 아니겠지만 언젠가 나에게 다시 돌아온다. 그러니 하루를 보낸 뒤 스스로에게 한번 물어보자.

오늘, 나는 자산과 부채 중 무엇을 더 쌓았는가?

3

올림픽 정신과 출근의 가치

주말이 끝나 가는 일요일 밤 9시가 되면 다음 날 출근 생각이 시작된다. 일요일 밤 예능 프로그램이 끝나는 동시에 마감이 얼마 남지 않은 제안서 업무가 머릿속에 떠오르기 때문이다. 내일 회사를 가야 하는 현실을 깨닫는 순간이다.

'잠이 들면 내일이 오고 월요일 출근 시간이 다가오겠지?'라고 중얼거리면서 무거운 발걸음을 침대로 옮긴다. 월요일 출근 시간은 대부분 직장인들에게 고통스러운 순간이다. 겨우 침대 밖을 벗어나 샤워하고, 옷을 챙겨 입지만 마치 도살장에 끌려가는 기분이 든다. 겨우 집 밖을 나섰지만, '회사 가기 싫다'는 마음이 계속 따라다닌다. 날씨도 싫은 마음을 완화해 주지 못한다. 날씨가 좋으면 놀러 가고 싶어서, 비가 오면 우산 들고 다니기 귀찮아서 회사 가기 싫다. 연차를 쓰고 싶다는 마음도 들지만, 1년에 며칠 되지 않는 소중한 휴가를 계획도 없이 즉흥적으로 쓰기 아깝다.

그렇게 우리는 두려움과 싫음이라는 감정과 함께 엘리베이터, 계단, 버스, 지하철을 넘고 넘어 회사에 도착한다. 월요일을 시작으로 화요일, 수요일, 목요일, 금요일까지 이어지는 출근을 우리는 매주, 매달, 매년, 해내곤 한다.

사실 하루하루가 쉽지 않다. 그러나 우리 직장인들은 각자에게 주어진 출근길을 완주한다. 퇴사나 휴직하지 않는 이상 매일매일 '출근'이라는 도전에 성공한다. 그렇게 출근은 직장인에게 있어 스스로를 이겨 내는 매일의 과정이 된다. 단 하루도 실패 없이 완주하지만, 단 한 번도 쉬운 적은 없다. 그렇기 때문에 직장인에게 출근은 그 자체만으로 의미 있고 멋진 일이다.

2020년 도쿄 올림픽이 연기되었다. 올림픽에 출전하는 운동선수 모두가 금메달을 꿈꾼다. 모두가 원하지만, 99%가 넘는 선수들이 금메달 획득에 실패한다. 4년에 한 번 자기 종목에서 전 세계인을 물리쳐야만 금메달을 딸 수 있는 지독한 경쟁 체제이기 때문이다. 하지만 올림픽 정신은 경쟁을 이야기하지 않는다. 올림픽은 승리가 아닌 참가 자체에 의미가 있다고 강조한다. 그리고 올림픽은 스스로의 성장에 의의를 둔다.

직장인도 마찬가지다. 핵심 부서, 핵심 인재, 승진, 성과, 임금상승, 이직, 핵심 프로젝트 실행 다 중요하다. 하지만 회사에 출근하는 것 자체에 의의를 둔다면 어떨까? 올림픽 정신처럼 말이다. 도전을 이겨 내고 회사에 도착하는 매일의 승리가 바로 출근이다. 회사 사무실 의자에 앉게 되는 하루하루를 반복하다 보면 연차와 경험이 쌓이게 된다. 그리고 어느새 성장한 자기 자신을 발견하게 된다. 매일 출근했기 때문이다.

최근 들어 퇴사, 창업, 창직 등 인생에 다양한 선택지가 생겼다. 하지만 우리 중 대다수는 여전히 회사를 다닌다. 모든 선택지가 삶에 많은 의미가 있듯이, 직장 생활만의 의미가 있다.

직장인은 회사를 통해서 사회와 연결된다. 고객과 연결되고, 회사 안에 있는 수많은 사람들의 삶과 연결된다. 이 연결을 통해서 우리는 사회에 속하게 된다. 이 연결은 직장인들의 삶을 성숙하게 한다. 물론 꼰대 같은 상사, 불합리한 조직 문화, 말도 안 되는 걸 시키는 회사, 험난한 프로젝트 같은 고통을 주는 상황도 함께한다. 그런데 그 역시 직장인들에게 성장과 의미를 제공한다. 매일 출근이라는 성공이 쌓이기 때문이다. 운이 좋다면 꼰대 같은 상사나 동료를 보면 저러지 말아야지 하면서, 역량도 인성도 훌륭한 동료들과 리더십 좋은 상사들로부터 배움이라는 선물도 받을 수 있다.

글로벌 경제가 어려운 시기라면 급여를 주는 회사에 출근할 수 있다는 것만으로도 감사한 일일지 모른다. 급여를 통해서 나와 가족들의 생계를 해결할 수 있기 때문이다. 업무에 대한 경험을 쌓을 수 있고, 나의 가치를 높일 수 있는 기회를 제공하기에 또 감사하다. 그리고 오랫동안 직장을 구하지 못하다가 힘들게 구한 직장의 첫 출근, 반대로 오랫동안 회사를 다니다 퇴직하는 날의 마지막 출근은 더 소중하게 다가온다. 회사에 대한 감사의 모든 시작점도 출근이다.

우리 모두의 회사 생활은 언젠가 끝이 난다. 그때가 되면 그토록 싫어했던 일요일 밤에 대한 경험이 소중한 추억이 될지 모른다. 오늘도 나는 출근을 생각하면서 감사, 의미, 그리고 추억이라는 선물을 찾아 들여다본다. 일요일 밤, 출근하기 싫은 마음 가득한 나에게, 나와 다르지 않은 직장인들에게 또다시 찾아오는 도전 정신 가득하고 가치 있는 월요일 출근을 응원하는 메시지를 보낸다.

4

코끼리가 회색 벽으로 보이는 순간

회사 생활을 하다 보면 정신없이 업무에 빠져 있을 때가 있다. 마감 기한이 얼마 남지 않아 잠자는 시간 빼고 계속해서 일을 해야만 하는 처지. 그럴 때면 마치 업무와 내가 딱 붙어 있는 것 같다. 내가 업무인지 업무가 나인지 헷갈리는 상황.

지난 2주가 그랬다. 건당 80쪽에 달하는 제안서 세 개를 2주 안에 써야 했다. 3~4일 간격으로 제안서 한 개를 만들어 내야 하는 강행군이었다. 2주 동안 나의 뇌는 제안서에 대한 생각으로 불은 라면처럼 생기를 잃어 갔다. 아침에 일어나서 제안서, 샤워하고 제안서, 전동차로 옮겨 타며 제안서, 멈추지 않고 제안서, 제안서, 제안서. 매순간 제안서는 시간의 주인이 돼 나를 지배했다.

그러다 결국 내 기분도 제안서와 연동되었다. 좋은 아이디어가 떠오르면 기분이 좋다가, 아무 성과도 없이 시간이 사라지면 기분이 우울해졌다. 보통 이럴 때면 나도 모르게 민감해진다.

예를 들어, 집에서 한창 일하고 있는데 아내가 다가와서 나에게 장난치려고 하면 '나 지금 일하고 있는 거 안 보여?'라는 짜증 섞인 말이 불쑥 튀어나오곤 했다. 그냥 '자기야, 나 지금 회사 일 때문에 바빠 집중해야 해' 하고 부드럽게 말하면 될 일인데, 감정은 너무 예민한 센서가 달린 듯 아주 사소한 말이나 움직임에도 반응했다. 말을 뱉은 직후에 아차 하는 후회가 들었지만, 제안서에 대한 압박은 사과할 기회를 아주 쉽게 다음 기회로 돌렸다. 그러다 시간이 지나면 사과는 술안주가 돼 목구멍으로 넘어갈 뿐 좀처럼 발음되지 않았다. '왜 나는 겨우 이것밖에 안 될까' 하는 자괴감이 문득문득 들었지만 업무에 치이는 동안 흔적 없이 사라졌다.

민감해진 센서는 머릿속에서 온갖 잡념들도 끄집어냈다.

'제시간에 제안서를 다 작성 못하면 어떡하지?'

'이렇게 어렵게 제안서를 썼는데 떨어지면 어떡하지?'

'제안서 작성하다가 실수로 몇몇 주요 내용을 빼먹으면 어떡하지?'

그렇게 2주 동안 불규칙한 감정들과 불안감에 마치 누군가에게 쫓기듯 일했다. '잘 안되면 어떡하지'라는 생각이 나를 계속해서 쫓아다녔다.

혹자는 업무에 잘 몰입하지 않았느냐고 반문한다. 하지만 이건 몰입이 아니다. 몰입은 '주위의 모든 잡념, 방해물을 차단하고 자신이 원하는 어느 한곳에 모든 정신을 집중하는 것'이다. 만약 내 행위가 몰입이라면 제안서 작성하는 일이 즐거웠을 것이다.

나는 제안서를 쓰는 2주 내내 잠도 제대로 자지 못했다. 겨우 떠오른 아이디어가 생각이 나지 않을 때는 나도 모르게 사정없이 머리를 쥐어뜯었다. 키보드에서 잠시 손을 떼게 되면 손톱을 잘근잘근 물어뜯었다. 그렇게 나는 제안서를 작성하는 동안 극심한 공포감에 휩싸였다.

몰입이 아니라 집착이고 강박이었다. 걱정과 불안감에 휩싸여서 나는 단 한시도 업무와 떨어지려고 하지 않았다. 겨우 제안서를 완성하고 제출했지만 결과는 좋지 않았다. 시간이 조금 흐른 뒤 제안서를 다시 보게 된 순간 나는 충격을 받았다. 제안서는 오타로 가득했다. 1쪽에 맞춤법이 틀린 단어가 몇 개씩 나왔고, 어떤 표에는 내용이 다 빠져 있었다. 전반적인 흐름도 이상했고, 비약도 심했다.

나에게 도대체 무슨 일이 일어난 걸까? 제안서 쓰느라 몸과 마음이 다 피폐해지고, 제안도 실패했다. 게다가 내가 집에서 얼마나 예민하게 굴었는지 아내가 나를 투명인간 취급했다. 마음이 더 무너져 내렸다.

나는 지나치게 업무와 딱 붙어 있었다. 그게 이 모든 일의 원흉이다. 우리는 '거리두기'라는 용어가 익숙한 시대에 살고 있다. 전염성 강한 바이러스가 퍼지는 것을 막고자 서로 2미터 간격으로 거리를 두자는 캠페인이 곳곳에서 진행되고 있다.

직장인에게도 바로 이 거리두기가 필요하다. '업무와 거리두기' 말이다.

왜 그럴까? 일단 업무와 내가 가까이 붙어 있다는 건 내가 지금 눈앞에 있는 업무를 쳐내는 데 급급하다는 이야기다. 업무에는 항상 맥락이 존재한다. 회사 직원들과의 관계뿐만 아니라 외부 환경 요소들이 상호 작용하는 게 바로 업무다. 업무는 그냥 생겨나는 게 아니라 많은 사람들과 이해관계가 얽혀 있다. 그런데 지금이 업무 자체에만 집중한다면 방향을 잃을 가능성이 높아진다. 방향을 잃으면 아무리 일을 열심히 해도 소용없게 된다.

업무와 붙어 있다는 건 업무가 진행되는 모습에 따라 내 감정이 쉽게 영향받는 상태를 말한다. 그런데 업무의 결과는 예측 불가능하다. 다양한 내·외부 환경 요소에 영향을 받는 게 업무의 속성이다 보니 내 의지와 상관없이 생각지도 못한 사건 하나로도 처절하게 실패할 가능성은 늘 열려 있다. 코로나19로 빚어진 항공 사업과 관광 사업 등을 떠올려 보면 업무의 불확실성을 잘 이해할 수 있을 것이다.

내가 업무와 붙어 있는 건 내 감정을 가지고 도박을 하는 행위와 마찬가지다. 주사위를 굴려서 낮은 숫자가 나오면 우울, 높은 숫자가 나오면 기쁨. 좋았다가 우울해지는 감정의 기복이 수시로 이어진다. 또한 불확실성이 크기 때문에 '업무가 잘 안될까 봐' 하는 두려운 감정에 내가 먹힐 수 있다. 이런 감정들은 많은 에너지를 소모하게 만든다. 업무에 써도 모자랄 에너지를 쓸데없는 부정적인 감정들을 해소하느라 쓰게 되는 것이다. 그래서 우리는 업무와 거리를 두어야 한다.

거리를 둔다는 건, 잠시 한 걸음 뒤로 물러나서 내가 무엇을 하고 있는지 인식하는 행위이다. 업무와 내가 딱 붙어 있는 상황에서 잠시 나라는 존재를 느껴보는 것이다. 일하고 있는 나를 인지해 보기도 하고, 조급한 마음을 가라앉혀 보는 것뿐이다. 그런데 정신없이 업무가 쏟아지고 있는 와중에 잠깐이라도 시간을 내어 업무와 거리를 두는 일이 쉬울까.

딱 1분이면 된다. 잠시 업무에 모든 초점이 맞춰져 있는 나를 잠깐 깨우면 된다. 혹시 지금 정신없고 바쁜 상태라면 호흡을 가라앉히고 업무를 보고 있는 나 자신을 한번 있는 그대로 느껴 보자.

업무가 아닌 나에게 집중해야 한다. 그리고 좀 더 맑아진 마음으로 다시 업무를 바라보자. 약간의 여유면 충분하다. 조금 더 용기가 난다면 5분 정도 잠시 커피 한잔하러 자리에서 일어나 걸어다녀 보자. 커피 향을 느끼고 나 자신을 조용히 느껴 보자.

일이 바쁘게 돌아가고 있는데도, 마음의 여유를 누릴 수 있다면 당신은 업무를 제대로 볼 수 있다. 업무와 거리를 두었기 때문이다. 코끼리를 바로 코앞에서 보면 회색 벽만 보인다. 하지만 몇 걸음 뒤로 물러나는 순간 코끼리의 구체적인 전체 모습이 눈에 들어온다. 업무를 제대로 본다는 건 이런 의미다. 제대로 보기 위해서 업무와 거리를 두는 시간이 필요하다.

당신이 두려운 감정과 싸우느라 소진했던 에너지가 비로소 업무를 위해서 쓰이게 될 것이다. 더 잘 보이고 더 높은 에너지 레벨로 일을 할 수 있게 된다. 업무와 거리를 둔다면 말이다.

5

똑같은 여덟 시간이 다르게 보이는 이유

평일 최소 여덟 시간. 내가 회사에서 보내야 하는 시간이다. 내 서명이 들어간 근로계약서에 떡하니 박힌 오뚝이 같은 8. 똑같은 여덟 시간(어떤 때는 열 시간일 수도 있다)인데 풍경은 매일매일 다르다. 보고서 마감일이면 느낄 새도 없이 시간이 순식간에 흘러간다. 한가한 날은 그냥 가만히 앉아서 시간아 빨리 가라 퇴근 시간아 와라 하고 귀도 없는 시간에게 이래라저래라 하며 지낸다.

나를 포함한 모든 직원들에게는 하루마다 여덟 시간이 주어진다. 그 여덟 시간을 어떻게 보내는가는 개개인마다 상황과 환경에 따라 다르다. 주어진 시간 속에서 개인은 어떻게 보낼지 선택할 수 있다. '회사원이 무슨 선택이야?' 할 수도 있다. 하지만 적어도 정말 최선을 다해서 시간을 끌고 갈지 아니면 대충 흘려보낼지 우리는 스스로 선택할 수 있다.

회의 시간은 어쩔 수 없지만, 내 자리에 앉아 있으면 무수히 많은 파일, 폴더, 이메일, 협업 툴은 나의 선택을 기다린다. 업무 시간 동안 나는 이들을 켰다 끄면서 계속해서 선택하게 된다. 장인 정신을 발휘해 문서들을 써 내려갈 수도 있고, 그냥 대충대충 하면서 딱 혼나지 않을 정도로만 마무리할 수도 있다. 선택권은 나에게 있다. 다 내가 선택할 수 있다. 물론 결과에 대한 책임도 나에게 있다.

모두에게 시간이 주어지지만, 각자 어떻게 보낼지에 대한 선택은 다르게 이뤄진다. 그렇기 때문에 시간이 흐르고 순간순간 어떤 선택을 했느냐에 따라 각자가 다른 결과물을 마주하게 된다. 결과물의 형태도 개개인에게 끼치는 영향력이 다양하기 때문이다. 승진, 급여 상승, 이직을 할 수도 있고, 더 성장하여 회사를 넘어서서 외부에 영향력을 갖게 될 수도 있다. 누군가 보기에 무시할 수도 있고 부러워할 수도 있다. 회사에서는 직원의 결과물을 두고 성공이냐 실패냐를 논하면서 이래저래 평가를 하게 될 수도 있다.

그런데 평가에서 회사와 타인은 가장 중요한 존재가 아니다. 내가 결과물을 보는 시선이 더 중요하다. 시간이 나에게 주어졌고, 내가 온전히 순간순간 선택을 했기 때문이다. 이 결과물이 스스로에게 어떤 의미가 있는지, 내가 이 결과물을 어떻게 생각하는지에 대한 답변 형식으로만 온전한 평가가 된다. 타인의 평가는 참고용이다.

자신은 알고 있을 것이다. 그 시간을 어떻게 보냈는지 말이다. 내게 주어진 여덟 시간 동안 최선을 다한 선택을 했다면, 그 자체만으로도 값진 결과물이다. 그 결과물이 누군가 보기에 아무것도 아닐지라도 적어도 나는 당당하다. 그리고 학습과 경험이라는 눈에 보이지 않는 결과물이 내 몸 곳곳에 이미 쌓여 있다.

회사, 팀, 부서는 아무리 최선을 다했어도 실패로 분류되는 결과물이 존재한다. 회사와 그 조직은 매출과 이익으로 이어지지 못하면 그대로 사라지기 때문이다. 즉, 생존이 달린 문제다.

하지만 개인은 다르다. 최선을 다했다면, 개인의 완전한 실패는 없다고 생각한다. 이미 경험의 축적만으로도 성과를 얻었다. 최선을 다했다면 성공과 실패를 논할 필요도 없다. 축적에 대한 질문을 해야 한다. 나에게 무엇으로 남았고, 무엇을 얻었는지에 대한 답변을 해야 한다. 내 안에 무엇이 축적되었는지를 발견해야 한다.

'나는 여덟 시간 동안 일해야 한다'는 관점은 '나는 주어진 여덟 시간 동안 어떤 선택을 해야 하는가?'라는 질문으로 바뀌어야 한다. 후회하지 않기 위해, 축적을 통한 자산을 쌓아 나가기 위해 이 질문은 반드시 필요하다.

평일마다 주어지는 여덟 시간은 영원하지 않다. 언젠가 끝나는 기회다. 태어남이 있으면 죽음이 있듯, 마찬가지다. 인생에 첫 출근이 있다면, 반드시 마지막 출근도 마련돼 있다. 여덟 시간은 딱 그날까지만 나에게 주어진다. 방금 들어온 파도가 순식간에 뒤로 물러서듯이, 자의든 타의든 회사에서의 여덟 시간은 언제 사라질지 모른다.

누군가에게는 여덟 시간이 저주의 시간이 될지도 모르겠다. 그런데 인생 마지막 퇴근길에는 저주받은 시간이든 축복받은 시간이든 어떤 회한으로 남을지 우리는 알 수 없다. 하루하루 여덟 시간마다 내가 쌓은 열매가 그 답을 간접적으로 알려 줄 것이다. 우리는 후회와 만족 사이 그 어딘가에 놓일 것이다.

무작정 열심히 살라는 이야기는 절대 아니다. 느긋하게 살아도 좋고, 바쁘게 살아도 좋고, 뒹굴며 살아도 좋다. 그러다 가끔 '나는 주어진 시간을 소중히 여기고 있을까' 하는 질문은 던져 보자. 이 질문에 만족스러운 대답을 찾다 보면 분명 오뚝이 같던 8이 꽤 근사한 풍경을 보여 줄지도 모른다.

6

연봉 협상에 대처하는 슬기로운 자세

새해 회사 생활이 본격적으로 시작되었다. 이미 연봉도 결정되었다. 상대적으로 높은 상승률이었다. 그런데 내 기대보다는 낮았다. 개인적인 성과는 많았지만, 회사가 성장하지 못한 게 원인이었다. 회사에 서운한 마음이 들었다. 하지만 나는 인사 업무도 병행하고 있는 처지였다. 회사 측 입장을 힘껏 대변해야 할 위치였다. 연봉 통보 후 계약서 작성을 위해 진행되는 동료와의 1차 면담도 내 몫이었다.

직원들 반응은 다양했다. 생각보다 많이 올라서 기뻐하는 동료, 오르긴 했지만 불만족스러워하는 동료, 그리고 동결 또는 소폭 삭감 통보에 풀이 죽어 있는 동료 등등. 연봉이 동결된 직원이 내게 물었다.

"이거 나보고 나가라는 거죠?"

연봉이 상승했지만 만족스럽지 못했던 동료도 내게 비슷한 질문을 했다.

"이 연봉에 만족 못 한다면 나보고 나가라는 것 아닌가요?"

연봉이 도대체 뭐길래 이러는 걸까. 직원들에게는 어떤 의미일까.

연봉은 우선 우리가 사회생활을 하기 위한 필수 수단이다. 직장을 통해서 창출한 소득으로, 거주 비용, 생활 비용, 노후 자금 등 우리 삶에 절대적으로 영향을 끼친다. 그런데 회사와 나와의 관계 속에서 연봉은 대가로 작용한다. 작년에 내가 올린 성과를 바탕으로 고과가 산정되고 연봉이 결정된다. 회사가 나를 얼마나 중요하게 생각하는지 연봉으로 알 수 있기 때문이다.

누군가에게 연봉은 곧 자존심이자 욕망의 대상이 된다. 회사가 인정을 안 하는데 굳이 이 회사에 남아야 할까 하는 고민도 여기에서 시작된다.

동료가 내게 했던 '나보고 나가라는 건가요?' 하는 말에는 '회사가 나를 인정하지 못하니 나가고 싶다'는 숨은 의미가 있는지도 모른다. 그런데 상황은 그리 단순하지 않다. 만약 연봉이 직원 개인의 작년 성과로만 결정된다면 무조건 나가라는 걸지도 모른다. 하지만 연봉은 회사의 사정, 고용 시장 상황, 직군의 가치, 맡은 역할의 희귀성 등 다양한 요소에 따라 결정된다.

예를 들어, 회사 매출과 성장이 연봉을 결정하기도 한다. 아무리 개개인이 성과를 올렸어도, 회사가 전반적으로 부진하고, 심지어 생존의 갈림길에 섰다면 동결할 수밖에 없다. 올리고 싶어도,

회사가 그럴 상황이 아닐 수도 있다. 또한 직원의 직군에 대한 시장 가치도 영향을 미친다. 시장 논리를 따지기 때문에 수요와 공급의 원리에 따른다. 예를 들어, 최근 핫한 개발자 직군은 시장 가치가 높다. 웹이나 앱 서비스를 개발하는 기업이 늘어났고 오프라인 세상이 온라인으로 빠르게 개편되기 때문이다. 여기에 리더십을 갖춘 개발자는 더 희귀해진다. 개발자들은 대개 자기 일만 하고 싶어 하지, 팀이나 프로젝트를 이끌며 가고 싶은 사람은 드물기 때문이다. 개발도 잘하고 리더십도 탁월한 직원은 성과와 상관없이 모든 회사에 꼭 필요하다.

반면, 어느 정도 성과를 냈어도 회사에서 대체하기 수월한 직군이라면 연봉 자체가 낮다. 물론 실력이 워낙 출중하다면 그 자체로 희귀성이 있기 때문에 동일 직군 내에서 높은 수준의 연봉으로 결정된다.

즉 연봉은 내가 작년에 잘하고 못한 것뿐만 아니라 다양한 환경적·사회적 요소에 따라 결정된다. 이건 회사가 많이 주고 싶다고, 적게 주고 싶다고 정할 수 있는 문제가 아니다. 회사도 외부 요소, 내부 이해관계에 따라 영향을 받기 때문이다.

그럼 나는 회사와 연봉에 대해 어떻게 해야 할까? 회사가 나에게 연봉을 통보하거나 제안한 순간 선택권이 주어진다. 내 요구사항을 이야기할 수 있는 권리를 갖게 된 셈이다. 설사 내 요구를 들어주지 않더라도, 이 권리를 인지하고 있는 건 매우 중요하다.

'여기서 어차피 거절할 거야', '내가 그 정도 가치는 아니지' 등등의 생각으로 미리 판단할 수도 있다. 하지만 해보지 않고는 모른다. 반대로 회사가 더 올려 줄까 말까 고민하다가, 지금 수준의 연봉을 제안했을 수도 있다. 이야기를 꺼내기 전까지 우리는 결과를 모른다. 회사와 논의한 후 설사 거절을 당했을 때야 비로소 우리는 안 된다는 사실을 알게 된다. 그리고 어쩌면 우리가 어떻게 이야기를 꺼내느냐에 따라 결과가 달라질지도 모른다. 마치 영업처럼 말이다. 해 봐야 안다. 결과에 대한 책임만 용기 있게 마주하면 된다.

퇴사를 하고 말고도 나의 선택이다. 좋은 대안이 있다면 협상 카드로 써 보고, 안 되면 훌쩍 떠나는 것도 선택지에 있다. 물론 이 선택에는 '우리 회사 분위기상 어려울 거야' 하는 지레짐작으로 원하는 연봉을 말하지 않는 행위도 포함된다. 이 또한 자신의 선택에 대한 책임을 받아들이는 경우다. 연봉은 무겁고 민감한 주제다. 회사 입장에서도 그렇겠지만 직원은 더 무겁고 어렵게 느낄 수밖에 없다.

하지만 주도적으로 선택하는 나다운 삶을 살지 못할 이유는 없다. 선택과 책임, 이 두 가지를 품고 있다면 당신이 알던 당신을 잃지 않을 수 있다.

7

기대와 다른 평가에 상처받지 않는 방법

연말은 회사원이라면 대부분 치러야 하는 인사고과 시즌이다. 이미 대부분 결과가 나왔을 것이다. S, A, B, C, D, E 등급, 아니면 100점 만점에 몇 점, EX, VG, G, B, VB 등등 평가를 표현하는 단어들이 다양하게 쏟아지는 시기다. 설사 회사에 평가 프로세스가 없다고 해도, 이미 대표 머릿속에는 우리의 연봉 인상률이 정해져 있을 것이다. 우리의 이름 옆에는 등급이 매겨진다. 인사고과 시즌에 우리는 부서, 회사 너머 특정 그룹에 들어간다. 우리는 평가 등급 어딘가에 속하게 된다.

결과는 다양한 마음의 풍경들로 이어진다. 최고 점수자라면 결과에 만족스러울 것이다. 내년에도 최상위 자리를 어떻게 유지할지 고민하겠지만, 그 또한 행복한 고민일 뿐이다. 상위 등급을 받을 줄 알았는데 중간 등급을 받은 직원, 하위 등급이라는 날벼락을 맞은 이들은 마음에 커다란 상흔이 이미 새겨져 있을 것이다. 술로 푸는 사람, 게임 속 나로 잠시 살아가는 사람, 생각 속에서 과거로 돌아가 이것저것 바꾸고 있는 사람 등, 등급이 다양하듯 상처를 치유하는 방식 또한 제각각이다.

우리는 각자 인생의 주인공이고, 나름대로 최선을 다해 살고 있다고 생각하기 때문에 이런 현실에 부딪히면 마음이 쓰라린 건 어쩔 수 없다. 그런데 꼭 마음의 상처를 받아야만 할까? 만약 우리의 오해가 상처를 만들어 낸다면? 나라는 존재는 인사고과 점수가 아니다. 인사고과 점수와 완벽히 분리되어 있다.

직위, 보고서, 기획서, 발표 자료, 인사고과 등급, 호칭 등등에 나를 동일시하기 때문에(정확히 말하면 일부겠지만), 자존감이 낮아지고 상처받는다. 직위가 높고 낮음에 나의 가치가 연동되어 같이 높아졌다가 낮아지고 있는 것과 마찬가지로, 우리는 평가 등급에 따라 우리 존재의 높낮이가 결정된다고 생각한다.

예를 들어, 여섯 살 아이가 장난감을 빼앗겼다. 아이는 즉각 울음을 터뜨리면서, 정말 슬퍼할 것이다. 왜 그렇게 슬퍼하는 걸까? 그것은 장난감에 아이의 자의식 일부분을 심어 놓았기 때문이다. 빼앗긴 장난감은 그냥 장난감이 아니다. 아이 입장에서 '나의 장난감'이었다. 하지만 시간이 지나면 언제 그랬냐는 듯 밝게 웃으면서 장난친다. 애초부터 아이와 장난감은 분리되어 있었기 때문이다. 우리의 상처가 시간이 지나면 점점 사라지는 것도 같은 원리다. 우리도 마찬가지다. 평가 등급은 우리의 자의식이 섞인 '나의 평가 등급'이 되었다. 그렇기 때문에 우리는 그 결과에 따라 상처를 받기도 하고 우쭐해지기도 한다. 그리고 시간이 지나면 이 감정은 희석된다.

이런 이유로 우리 이름 옆에 평가 등급이 있다고, 그것을 나라는 존재의 일부로 받아들여서는 안 된다. 반대로 말하면 평가 등급이 높다고 나를 대단한 사람이라고 여기는 것도 매우 위험하다. 감정을 가라앉히고 인사고과를 냉정하게 바라보면, 그것은 특정 시점에 이뤄진 나에 대한 단편적인 평가에 불과하다. 그저 사람이 사람을 평가하는 매우 주관적인 행위다. 단순히 등급 몇 개로 나눠 복잡한 인간을 완벽하게 평가하겠다는 시도는 불가능에 가깝다.

우연히 내가 타고난 자질들이 회사와 운 좋게 너무 잘 맞아서, 또는 운수대통이어서 좋은 성과를 올렸을지 모를 일이다. 아니면 직장 상사의 실수로 그런 결과가 빚어졌을지도 모른다. 복잡한 사람들이 얽히고설킨 회사에서 내가 얻은 성과가 온전히 내 힘만으로 이뤄졌다는 것도 난센스일 뿐이다.

인사고과 점수 ≠ 나

당신은 이 공식으로 위로를 얻었을지도 모른다. 그런데 이 공식의 의미는 현실을 회피하거나 부정하라는 게 아니다. 인사고과 점수와 나 자신의 가치를 분리하는 것과 인사 평가 결과라는 현실을 회피하는 건 엄연히 다르다. 회사에서 어떠한 형태든 평가를 진행했고, 결과가 나온 건 사실이자 일어난 현실이다. 그리고 내가 5~7가지로 나뉘는 평가 단계 그룹 어딘가에 속해 있는 것도 현실이다. 이 현실을 부정해서는 안 된다. 현실을 부정하는 건 단지 회피일 뿐이기 때문이다.

나는 원래 더 높은 등급을 받아야만 하는 사람이라거나, 상상 속에서 과거 몇 번의 실수를 바꾸고 있다든가, 이제 상사와는 말도 안 섞는다는 등등의 망상과 다짐은 전형적인 회피로 볼 수 있다. 회피가 위험한 이유는 자기기만에 있다. 극단적으로 가정해 보자. 상사가 정신이 이상해서 내게 낮은 점수를 줬을 수도 있고, 회사 구조에 오류가 있어 나만 피해를 보는 경우가 있을 수도 있다. 그럼에도 변하지 않는 건 평가 등급은 이미 나왔다는 점이다. 결과를 바꿀 수 없다면 우리는 이 현실을 있는 그대로 받아들여야 한다. 도무지 결과를 받아들일 수 없고, 회사의 평가 구조가 의심스럽다면 이직을 비롯한 몇몇 선택지를 골라야 한다.

다행인 건 인사고과 점수는 이미 과거의 사건이라는 점이다. 과거를 바꿀 수는 없지만, 오늘 하루 내가 어떻게 살아갈지는 비교적 자유롭게 정할 수 있다. 업무는 계속해서 올 것이다. 즉 기회는 계속해서 온다는 것이다. 혹시 '열심히 해봤자, 어차피 평가도 제대로 안 하는데'라고 되뇌고 있지는 않은가? 사실 회사가 여기 한 군데만 있는 건 아니다.

사람은 하루하루를 헛되게 살지 않았을 때 성장한다. 그리고 좋은 회사일수록 그런 직원들을 더 잘 알아본다. 어차피 열심히 해봤자 하는 본전과 체념이 섞인 생각은 자기에게 손해를 끼치고 있는 걸지도 모른다. 우리가 모르는 어떤 기회를 나도 모르게 없애고 있을지 모르기 때문이다.

인사고과라는 과거는 하루하루 지날수록 점점 더 멀어질 것이다. 평가 등급과 좋은 피드백이 있었다면, 개선을 위한 밑거름으로 삼으면 된다. 평가는 이미 지나갔다. 당신이 과거에 발목 잡히지 않았으면 좋겠다. 우리는 오늘을 살아가는 존재다. 그저 오늘에 집중할 뿐이다.

8

하마터면 열심히 일할 뻔했다는 당신에게

우리는 의미를 느껴야 업무에 영혼을 불어넣는다. 의미가 없는 곳에서 우리는 단절을 느낀다. 일단 주어진 업무에 최선을 다해 보자. 그리고 의미를 찾아보자. 다른 곳으로 옮겨 보는 것도 나쁜 선택은 아니다. 아니, 애초에 좋은 선택, 나쁜 선택으로 나눌 수 있는 상황은 많지 않다. 어떤 상황이든 나만의 의미를 찾을 수 있으면 된다. 최선을 다하면 적어도 경험 자산이라는 선물을 무조건 얻게 된다.

직장에서 한때 '영혼 없이 일해 보기'라는 말이 유행했다. 영혼 없는 첫인사, 영혼 없는 피드백, 영혼 없는 회의 등등. 그러고 보니 규칙적으로 영혼이 싹트는 순간이 있었다. 바로 금요일 저녁 퇴근 무렵, 생기를 잃었던 얼굴들이 어느새 환희로 가득한 표정으로 바뀔 때. 그 외 가끔 영혼이 충만한 순간도 있었다. 난이도도 높고 야근이 잦았지만, 새로운 시도로 가득했던 프로젝트에 참가할 때였다. 다양한 전문가들과 협업하는 프로젝트였다. 함께한 모든 직원들은 정말 영혼을 다해 열심히 일했다. 야근은 했지만 이상하게 모두가 즐거워했다.

프로젝트가 종료되고, 우리 중 누군가가 '우리는 왜 이 프로젝트를 그렇게 열심히 했을까?'라는 질문을 던졌다. 한 동료가 대답했다.

"이 프로젝트는 무척 의미 있는 작업이었어. 전문가들에게 많이 배웠고, 정말 많은 기관들에 도움이 될 수도 있겠다는 믿음이 생겼기 때문이야. 그리고 내가 결과물을 만드는 데 열심히 기여하고 있다는 사실이 느껴졌어."

순간, 의미라는 단어가 깊이 들어왔다. 이렇게 우리는 업무에 의미가 있다고 느낄 때 열정을 다해 일을 하는구나 하는 생각이 들었다. 영혼이 있다는 건 일이 의미가 있다는 이야기이다. 업무 자체가 중요한 게 아니라 각 구성원이 거기에 얼마나 의미를 부여하고 있느냐가 중요하다. 그래서 똑같은 일이라도 누군가에게는 열심히 해야만 하는 노동이고, 누군가에게는 성실히 임하겠지만 동시에 스트레스 하나를 더 얹는 업무가 된다.

아들러도 '의미'가 어떻게 행동을 이끄는지 설명했다.

"우리는 현실 그 자체를 보는 게 아니라, 현실에 대한 자신만의 해석을 통해서 본다. 그리고 그 해석은 나는 이러이러한 사람이고, 세계는 이러이러하다는 판단 아래 우리는 세상을 바라보게

된다."

"우리는 항상 우리가 부여한 의미를 통해서 현실을 경험하며, 이런 수많은 의미 속에서 좋은 대답과 그렇지 않은 대답을 구별할 수 있다."

– 알프레드 아들러, 『아들러 심리학 입문』

우리의 업무에 대한 몰입도는 의미 부여에 따라 달라진다. 특히 내가 하는 것이 이 세상과 연결되어 있다는 믿음만 있다면 더 열심히 하게 된다.

인생을 통해 만났던 수많은 사회적 기업가들이 그랬다. 대표뿐만 아니라 그 비전에 공감한 구성원들의 업무 몰입도는 너무 놀라웠다. 더 열심히 한다는 건 야근을 더 많이 하거나 주말에 더 일을 하는 그런 양적인 모습의 변화가 아니다. 설사 똑같이 하루에 여덟 시간 일할지라도, 동료들은 회사를 단순히 자신이 돈 받는 장소가 아니라 인생의 일부이자, 살아 내고 있는 곳이라고 인식한다. 생산성에 대한 이야기다.

일의 의미라는 관점에서 나에게 절대적으로 이득이 되는 방법이 있다. 나의 일과 연관되어 있는 가치 사슬들을 연결해 보는 것이다. 사실 내가 존재하는 것만으로도 회사는 어떤 식으로든 영향을 받는다. 거기에 나의 업무가 아무리 사소해 보일지라도 회사의 다른 일이나 동료와 촘촘히 연결되어 있다. 그리고 그 관계 어딘가에는 이 세상과의 연결고리가 보인다. 이것을 먼저 발견하고,

나에게 주어진 일에 최선을 다해 보자. 오래오래 회사에 다니라는 말이 아니다. 별로인 회사면 얼른 이직하면 된다. 하지만 내가 그 회사에 있는 동안은 최선을 다해 보자. 무조건 야근을 하라는 이야기도 아니다. 야근을 해도 괜찮고, 일찍 퇴근해도 좋다.

다만 나 자신에게 최선을 다하고 있느냐고 물어보자. 최선을 다하는 가장 중요한 이유는 회사가 아니다. 우리는 최선을 다함으로써 자신에게 성장이라는 선물을 준다. 불만 가득한 얼굴로 일하기 싫다며 이런저런 핑계만 대다가 경험조차 못 쌓는 건 최악의 상황이다. 우리는 회사와 하루 여덟 시간이라는 계약을 했고, 여기서 벗어나기는 쉽지 않다. 이런 상황이라면 여덟 시간을 나의 경험 자산을 쌓기 위해 온전히 사용해 보는 건 어떨까.

경험 자산이 언제 어디서 나에게 도움이 될지는 알 수 없다. 그런데 분명한 건 나는 엄연히 돈을 받고 일하고 있다는 점이다. 나는 프로로서 업무를 하고 있다. 나중에 독립을 하든 이직을 해서 전혀 다른 일을 하든 최선을 다한 경험은 어떠한 형태로든 나에게 도움을 줄 것이다.

회사가 나에게 어떻게 하는가 하는 문제는 회사의 몫이다. 회사가 제대로 못해 내가 떠나면 최선을 다한 충실한 직원을 잃어 회사에 전적인 손해가 된다. 나는 어떻게든 이득이다. 경험이 쌓이고 성장했기 때문이다. 그리고 내가 회사에서 이미 중요한 사람이 되어 있을 가능성이 높다. 특정 회사에 중요한 사람이 된다는 것은 나를 원하는 곳이 늘어난다는 의미다. 즉 나의 가치가 그만큼 높아졌다는 것이다.

어떤 이유로든 소모적인 감정으로 여덟 시간을 무의미하게 흘려보냈다면 나의 손해다. 모든 일에는 의미가 있다. 최소한 나에게 경험이라는 자산을 쌓아 준다는 의미가 있다.

내일 퇴사한다고 해도 오늘은 나에게 '최선을 다한 경험'이라는 선물을 해보자.

9

존중받아 마땅한 직장인의 점심시간

어느 날 대기업에 다니는 지인 A의 이야기를 들었다.

A는 혼자만의 점심시간을 좋아한다. 점심시간에 동료나 상사와 우르르 몰려가서 식사하고, 커피 한잔하는 걸 불편해했다. A는 점심시간에 혼자 운동하거나, 책을 읽거나, 음악을 들으면서 온전한 휴식을 취했다. 그래야 오후 업무에 집중이 잘되었다. 업무가 많은 날은 밖에 나가지 않았다. 본인 자리에서 샐러드를 먹으면서 일했다. 점심시간 투혼 덕에 야근을 안 하는 날은 뿌듯해했다. 또 점심시간 한 시간을 더 투자할 수 있어, 부서 내 다른 직원보다 야근을 적게 했다.

그러던 어느 날 부서 상사가 A에게 면담을 요청했다. 면담 자리에서 상사가 말했다.

"왜 점심시간을 혼자 보내? 요즘 회식도 잘 안 하는데 너무 혼자 다니는 것 같아. 점심시간에 최소 개인적인 이야기라도 나누어야 서로 유대감도 생기고 협업이 잘되는 건데…, 좀 걱정이 되네. 앞으로 점심시간에 혼자 그러지 말고 꼭 부서 사람들이랑 같이 먹자. 그리고 이제 부서원들이랑 더 친해져야지."

"…알겠습니다…, 노력해 볼게요…."

그 후 몇몇 의미 없는 말만 오갔고 면담은 종료되었다. 사실 A가 하고 싶었던 말은 이랬다.

"저는 점심시간만큼이라도 혼자만의 시간을 보내고 싶어요. 특히 업무가 몰리는 날은 점심시간을 더 할애해야 야근도 안 하고 좋단 말이에요."

이런 말들이 마음속에 맴돌았지만, 꾹 참았다. 직원들이 혼자 밥 먹을 때마다 상사가 매번 잔소리를 한 이력을 알고 있었기 때문이다. 찍힌 직원의 경우 점심시간만 되면 상사가 먼저 다가와 같이 먹자고 말했다.

다음 날부터 A는 상사를 포함한 팀원들과 점심을 먹기 시작했다. 재충전을 위해 온전히 쉴 수 있는 한 시간의 점심시간은 사라졌다. 실제로 밥을 같이 먹어 보니, 생각보다 개인사는 많이 나누지 않았다. 다른 부서 직원에 대한 험담, 사내 불륜, 상사의 꼰대질 등등 가십거리가 주를 이뤘다. 이런 대화로 도대체 어떻게 유대감이 생기는지, A는 이해할 수 없었다. 점심시간이 강제로 자원봉사하는 시간으로 변한 기분이 들었다.

한동안 그렇게 진행되던 불편한 점심시간은 다행인지 불행인지 코로나19 때문에 종료되었다. 구내식당에 칸막이가 설치되고,

사회 분위기는 식사 시간 동안 대화 금지를 권장했다. 그 핑계로 A는 혼자서 밥을 먹었고, 다시 온전한 자기만의 시간을 갖게 되었다.

나는 A 이야기를 들으면서 구성원과 반드시 점심을 먹어야 하나, 말아야 하나 하는 문제에는 정답이 없다는 생각이 들었다. 먹을 수도 있고 그러지 않을 수도 있다. 각각 장단점이 있다. 오히려 진짜 문제는 상사의 태도라고 생각한다. 상사의 주장은 이렇다.

'점심시간에 밥을 같이 먹어야 유대감이 생긴다. 반드시 개인적인 이야기를 나누어야 협업이 잘된다. 그래서 A는 팀을 위해 부서원들과 점심을 같이 먹어야 한다.'

사실 100% 틀린 말은 아니다. 하지만 100% 옳다고 할 수도 없다. 상황에 따라, 개개인마다 다르다. 그런데 상사는 다름을 인정하지 않고, 자신의 생각이 옳다 여기고 그것을 강요했다. 하지만 점심시간을 어떻게 활용할지는 개인의 선택에 달려 있다. 본인이 선택하고 책임을 지는 것이다. 상사가 책임질 것이 아니면, 그 권한을 개인에게 주는 게 맞다고 생각한다.

밥을 같이 먹지 않아도, 회식을 하지 않아도, 개인사를 나누지 않아도, 업무를 같이하는 것만으로도 유대감이 생길 수 있다. 팀원에게 공동의 목표가 있고, 협업을 통하여 성과를 같이 올리는 경험만으로도 유대감이 생긴다. 반대로 아무리 자주 술을 먹고, 식사도 같이하고, 이야기를 많이 나눈다고 무조건 유대감이 생길까? 그리고 생기더라도 협업에 무조건 도움이 될까? 나는 오히려 너무 친하고 개인적인 관계가 형성되면 위험할 수도 있다고 생각한다. 서로 비판적인 의견을 내야 할 때 내지 못하거나, 비슷한 의견을 지닌 사람끼리만 소통한 결과 그 의견이 전부인 것처럼 판단하는 오류 등 집단 사고에 빠질 수 있다고 본다.

함께 보내는 시간이 많다고 저절로 협업이 잘된다고 생각하지 않는다. 점심시간을 같이한다고, 서로 업무 공유와 논의가 별로 없고, 협업을 잘하지 못하는 사람들이 갑자기 잘하게 될까? 나는 절대 그렇게 생각하지 않는다. 협업은 함께하는 시간의 문제가 아니다. 핵심은 동료들 간의 존중이다. 그리고 존중은 다양성에 대한 인정에서 비롯된다. 점심시간에 혼자 먹는 동료의 성향을 인정하는 것 또한 마찬가지다. 서로 다름을 존중하면 협업은 분명 뜻깊고 보람찬 결과로 이어질 것이다.

10

머릿속의 이상한 수다쟁이

평일 오후 두 시, 나는 일하고 있다. 듀얼 모니터, 고사양 노트북, 게이밍 마우스, 최신식 키보드가 완벽하게 갖추어져 있는 환경이다. 사무용 의자도 무중력 기능을 비롯해 다양한 기능을 보유한 최고의 제품이다. 책상에는 향이 풍부한 커피와 금박으로 포장된 초콜릿이 놓여 있다. 책상 위는 먼지 하나 없이 깨끗하다. 각종 노트와 문서들도 깔끔하게 정리되어 있다.

편안한 마음으로 일을 시작하려는 순간, 어디서 소리가 들린다. 나와 2미터 정도 떨어진 옆 부서 동료들이 모여 잡담을 나누고 있었다. 처음 얼마 동안은 그러려니 했는데, 30분 정도 이어지니 일에 집중이 안됐다. 잡담이 시작된 지 정확히 43분이 지날 무렵 말을 했다.

"죄송한데, 그렇게 이야기 나누실 거면 회의실 가서 해 주시면 안 될까요?"

그러자 그들은 얼굴이 살짝 빨개지고 미안해하면서 회의실로 우르르 몰려갔다.

주변은 조용해졌다. 마치 고요한 수목원에 앉아 있는 느낌이었다. 다시, 일을 하기 시작했다.

3분 남짓 지났을까. 갑자기 불편한 감정이 들어섰다. 밖은 조용한데, 마음이 시끄러워졌다. 순간, 감정이 내면의 소리가 되고 나에게 말을 건넸다. 온 신경이 그 소리에 귀를 기울였다.

"지금 뭐 하고 있는 거야?"

"이거 이렇게 하는 거 맞아?"

"이런 식으로 일하면 혼나는 거 아냐?"

"집에 가고 싶다."

"야, 내가 지금 이 경력에 이런 거 하고 있는 게 맞아?"

"이직이나 할까? 연봉도 높이고 좋잖아?"

이런 소리들이 들려왔다. 아까 동료들이 옆에서 떠드는 것처럼 일하는 것을 방해했다. 집중해야 하는데 계속해서 내면은 떠들어 대고 있었다. 동료가 떠들면 조용히 해 달라고 부탁이라도 하겠지만, 시끄러운 내면은 어떻게 대해야 할지 난감했다. 불편한 마음에 간식대에서 과자를 잔뜩 움켜쥐고 입에 하나씩 넣어 봤지만, 마음은 여전히 소란스러웠다.

"나는 아주 어렸을 때부터 내가 하는 거의 모든 일에 대해 끊임없이 시비를 걸고 해설을 덧붙이는 작은 목소리를 들었다. 그

목소리는 결정을 지적하고, 다른 사람들이 나를 어떻게 생각하는지 얘기하며, 이런저런 일들을 시도했을 때 일어날 수 있는 끔찍한 일들을 언급한다. 그 목소리는 잠자코 있는 경우가 거의 없다."

– 대니 그레고리, 『내 머릿속 원숭이 죽이기』

감정과 소리의 폭풍에 휩쓸리다 보면 두세 시간이 훌쩍 지나가 있었다. 그리고 곧 퇴근 시간이 다가왔다. 일을 해야 하는데 하지 못했다.

무언가 일을 하려고 할 때마다 자꾸 나를 자극하는 부정적인 질문들이 찾아오곤 했다. '지금 회사에서 일하는 게 맞는 건가? 이 업무 잘 못하면 또 혼나는 거 아니야?' 어떻게 보면 업무를 보는 데 전혀 상관없는 걱정과 두려움의 목소리였다. 그런데 나는 그 감정들과 뒤범벅된 소리에 집중하곤 했다.

한 가지 분명한 건 내면의 소리가 내 인생을 책임져 주지 않았다는 점이다. 이런 소리들에 정신을 빼앗겨 제시간에 일을 못 끝내면 야근을 하거나 주말에 출근해 일을 해야 했다. 그럴 때마다 마치 모래주머니를 어깨에 가득 싣고 일하는 것처럼 업무의 효율은 낮았다.

마음이 소란스럽다면 해결 방법은 하나다. 마음을 고요하게 가라앉히면 된다.

마음을 가라앉히고, 내 존재 자체를 느껴 보자. 사무실에 있는 나에게 먼저 몰입해 보자. 키보드에서 전해지는 손가락 하나하나의 감각을 느끼자. 내면의 소리 볼륨을 줄이는 방법이다.

사실 마음이 소란스러운 이유는 우리가 그렇게 하기로 마음먹었기 때문이다. 드라마에 자연스럽게 몰입하는 것도 우리가 그 드라마를 보기로 결심했기에 가능하다. 마찬가지로, 지금 내면에서 소리가 들리는데 여기에 내가 집중하려 하기 때문에 마음이 소란스럽고 소리가 계속 들리는 것이다.

마음의 소란을 잠재우고 업무에 집중하는 방법은 간단하다. 내가 내면의 소리를 듣기로 결정한 것처럼, 지금 하고 있는 업무에 집중하기로 다시 결정하면 된다. 두세 시간 동안 그렇게 못했다면, 세 시간 뒤 다시 업무로 복귀하면 된다. 중요한 태도는 나에게 그럴 권한과 책임이 있다는 사실을 인지하는 것이다.

11

‘어차피’ 뒤에 숨은 속사정

우리 회사는 아이디어 회의를 자주 했다. 나는 회의 때마다 한 번 이상 의견과 생각을 말하곤 했다. 그리고 동료들은 나를 직설적으로 의견을 말하는 사람이라 평가했다. 어느 순간부터 의견을 내는 횟수가 줄었다. 어떤 회의에서는 한마디 말도 하지 않았다. 나는 침묵하기 시작했다. 침묵은 ‘어차피’라는 생각 때문에 시작되었다.

어차피 반대할 것이 뻔한데 내가 의견을 굳이 말해야 하나?
어차피 말해 봤자 듣지도 않을 건데 말하면 뭐하나.
어차피 말해 봤자 자기 입장만 내세우기 바쁠 텐데.
어차피 말해 봤자 내 업무만 더 많아지겠지.
어차피…, 어차피….

머릿속이 이러한 생각들로 가득했던 이유는 내 의견이 후회할 만한 결과로 돌아오는 경우가 많았기 때문이다.

"팀장님, 지금 발표한 채용 공고 기획안은 개발자를 뽑아야 하는 우리 상황과 맞지 않다고 생각해요. 이 기획 내용에 복지라는 단어가 자주 나와 마치 회사의 복지에 초점이 맞춰진 듯 보이는데, 개발자는 성장을 중요시합니다. 그래서 어떻게 하면 기술적으로 성장할 수 있을지 부각되는 내용을 넣어야 한다고 생각합니다."

"그래요? 그렇다면 한번 본인이 생각하는 방향대로 기획안 만들어 주세요. 급하니까 내일까지 빨리 해주세요."

"아, 네, 그럴게요(아, 오늘은 야근인가)."

의견을 냈더니 업무가 늘어났다.

"팀장님, 현재 이 인사 평가는 우리 회사 인재상과 핵심 가치 중 협업에 대한 카테고리가 누락되어 있습니다. 이 부분을 추가하는 거 어떨까요?"

"그래요? 그래도 그냥 이대로 진행합시다. 일단 이 평가 계획에 맞춘 템플릿 양식을 더 다듬어 봅시다."

나의 의견이 받아들여지지 않는 경우도 흔했다. 팀장은 자기 생각과 다르다고 생각하면 별다른 이유 없이 의견을 내쳤고 자기 방식대로 업무를 진행했다. 이유라도 말해 주면 참 좋을 텐데 말이다.

의견을 말한다. 업무가 늘어나거나, 의견이 받아들여지지 않는다. 이 패턴이 반복되자, 의견 내기가 불편해지기 시작했다. 물론 100% 확률로 이 패턴이 작동한 건 아니었다. 하지만 부정적인 경험이 더 기억에 남는지 의견을 내기 전 망설이는 시간이 점점 길어졌다. 어느 순간부터 망설임은 회의 시간이 끝날 때까지 이어졌다. 회의 시간 내내 말 한마디 하지 않았다. 회의 시간에 침묵하는 횟수가 늘어났다. 침묵하기로 굳게 다짐한 건 아니었다. 그저 망설였을 뿐이다.

의견을 낸다는 건 나를 드러내는 행위라고 생각했다. 의견을 내면 나를 주목하고, 침묵하면 내가 조용히 사라진다고 생각했다. 그런데 나의 경우는 반대로 진행되고 있었다. 회의 때마다 '제 생각은 말이죠' 하면서 가감 없이 의견을 내놓던 내가 침묵하니까 오히려 더 눈에 띈 모양이다. 동료들이 사내 메신저로 나에게 물었다.

"요즘에는 의견이 별로 없네요. 무슨 일 있어요?"

"그런 건 아니에요. 그냥…, 요즘에는 딱히 할 말이 안 떠올라서요."

거짓말이었다. 여전히 수많은 생각들로 입이 몇 번이나 떨어졌다가 붙었지만 업무가 늘어날까 봐, 의견이 무시당할까 봐 이야기를 하지 않았다.

회의 시간에 계속해서 침묵한 건 아니었다. 단지 말은 했지만 나의 생각과 의견을 주장하지 않았을 뿐이다. "맞는 말 같네요" 하고 이미 합의가 끝난 사항에 숟가락을 얹거나, "넵, 알겠습니다"라는 말을 반복했다. 가장 불편한 순간은 "양현길 님 생각은 어떠세요?"라고 나를 콕 집어 물어볼 때였다. 그때는 어쩔 수 없이 내 생각을 말했다. 그러다가 요령이 생겨, 내 주장을 하기보다 그때까지 논의한 내용을 참고해 요약정리 수준으로 이야기했다. 그랬더니 나를 향한 질문이 사라졌다.

침묵하니 내 주장 때문에 업무가 늘어나거나, 내 의견이 받아들여지지 않아서 마음의 상처를 입을 일이 없었다. 걱정거리가 사라졌다. 그런데 항상 좋은 것은 아니었다.

침묵 때문에 일이 늘어나기도 했다. 어느 날 B라는 고객사를 대상으로 챗봇 서비스에 대한 기획안 방향을 정하기 위한 회의가 있었다. 고객사는 분명 챗봇이라는 기술이 중요하지만 카카오의 라이언처럼 챗봇의 캐릭터에 대한 스토리와 콘텐츠를 꼭 기획서에 강조해 달라는 의견을 전달했다. 그런데 왜인지는 모르겠지만 기획서에 챗봇 캐릭터는 시안 이미지 정도만 넣고, 챗봇의 주요 기능을 강조하는 방향으로 의견이 모이고 있었다. 회의 시간의 80%는 어떻게 우리 기술을 설명하고, 왜 이 챗봇의 반응 속도가 빠르고 성능이 좋은지 증명하는 지표들을 강조하는 이야기로 채워졌다.

그 기획안은 그대로 진행되면 반려될 확률이 높아 보였다. 나는 곧 닥칠 일주일 야근을 직감했다. 그걸 피하기 위해 의견을 내야겠다고 마음먹었다. 내 머릿속에 어떻게 이야기할지 내용들이 모이기 시작했고, 나름 문구들이 잘 정리되었다. 그런데 왠지 모르게 망설여졌다. '어차피…, 또 무시당할 거 아냐? 야야, 관둬, 관둬! 뭘 또 이야기해!' 이런 생각들이 머릿속에 하나둘 떠올랐고, 입술이 떨어졌다, 붙었다 반복되었다. 결국 회의가 끝날 때까지 망설이다 말하지 못했다.

고객사는 제안서 수정 요청을 했다. 그리고 우리는 일주일이 아니라 무려 2주를 야근했다. '고객사 의견과 다르다고 한번 말해 볼걸' 하는 후회가 야근하는 2주 내내 머릿속을 맴돌았다.

그때부터였다. '내가 의견을 내지 않는 게 맞을까?'라는 회의가 들었다. 상황을 분석해 보면 내가 의견을 말하든 말하지 않든 무조건 좋은 경우는 없었다. 어떻게 해야 할까. 용기를 내어 의견을 말해 볼까, 아니면 계속 침묵을 지켜야 할까. 사실 침묵을 지키는 게 마음이 더 편하긴 했다. 하지만 조용히 있는 게 나답지 않다는 생각이 들었다. 그리고 회의시간에 말을 안 하고 있으니 회의에 참가하고 있는 건지, 아니면 지루한 영화와 비슷한 회의를 시청하는 건지 헷갈렸다.

아들러가 주장한 과제의 분리 개념은 나의 고민을 해결하는 데 도움이 되었다. 인간관계에서 나의 과제와 타인의 과제를 분리하지 않기 때문에 문제가 생긴다는 것이다. 자신의 삶에 대해 자신이 할 수 있는 일은 자신이 믿는 최선의 길을 선택하는 것뿐이다. 이건 나의 몫이다. 그리고 내가 선택했을 때 상대방이 어떻게 반응하는가는 타인의 몫이라고 아들러는 이야기했다.

회의 때 의견을 내는 게 맞다고 믿으면 그렇게 하면 된다. 이건 나의 몫이며 나의 온전한 선택이다. 상사나 동료가 어떻게 반응하는가는 그들의 몫이다. 나는 내가 옳다고 믿는 방향으로 행동할 뿐이다. 물론 어떻게 말해야 할지, 어떻게 하면 더 설득력 있는 방향으로 의견을 낼지 계속해서 고민해야 한다.

의견을 낸다, 내지 않는다는 중요하지 않았다. 나다운 게 무엇인가? 여기에 대한 나만의 답이 중요할 뿐이었다. 결국 나는 다시 회의마다 적극적으로 의견을 말하는 나로 돌아왔다.

그 뒤로 후회는 계속되었다. 변한 게 없었기 때문이다. 의견을 내놓는다. 업무가 늘어나거나, 받아들여지지 않는다. 결국 후회한다. 패턴은 계속해서 반복되었다. 그래도 뭐 어떠냐 하면서 꾸준히 나다운 발언을 했다.

그런데 이걸 1년, 2년 하다 보니 언제부터 후회라는 감정의 방문이 뜸해졌다. 의견을 자주 내다 보니 어떤 의견은 주요 고객사를 설득하는 제안서의 핵심 내용이 되기도 했고, 부서의 프로세스를 더 효율적으로 바꾸는 제안이 되기도 했다. 물론 이 두 가지 외 나머지 의견들은 조용히 묻혔다. 중요한 것은 나 자신의 의견에 확신과 믿음을 갖고 이야기하고 있다는 그 자체였다.

몇 년간 의견을 꾸준히 내면서, 어떻게 하면 더 좋은 의견이 될지, 근거는 어떻게 마련할지, PT는 어떻게 할지 수없이 생각했다. 여기에 재미를 붙이고, 다양한 생각들은 나의 성장을 견인했다. 그런데 상사에 따라 나에 대한 호불호가 갈렸다. 회의 시간에 대놓고 "의견 좀 적극적으로 내 봐"라면서 나를 지지하는 상사가 있음에 감사했다. 다시 한번 깨달았다. 나를 어떻게 평가할지는 상사의 몫, 내가 최선이라고 믿는 말과 행동은 무엇일까 고민하고 선택하는 건 나의 몫, 그렇게 과제가 분리된다는 사실을 말이다.

말은 나를 드러내는 행위이다. 말하기는 듣는 상대방에게 긍정적인 또는 부정적인 영향을 준다. 우리가 말할 때 망설임과 두려움이 생기는 원인이다. 어떠한 영향을 줄지 우리는 잘 알지 못한다. 하지만 나는 믿는다. 아이디어를 완성하고 실행하려면 다양한 관점이 모여야 한다. 예를 들어, 볼펜을 판매하는 웹사이트라는 아이디어를 구현할 때 데이터의 흐름, 서비스를 설계하는 웹 개발자의 기술, 사람들이 접속부터 구매까지 쉽게 할 수 있고, 미적으로도 완성시키는 디자이너의 감각 등 여러 관점이 필요하다. 관점을 들여다보려면 서로가 원활하게 말을 해야 한다. 그래야 더 높은 수준에서 양질의 서비스를 제공하는 웹사이트를 구축할 수 있다.

우리는 끝없이 자신의 생각들을 이야기해야 한다. 설사 의견이 없다면, 의견이 없다는 것조차 적극적으로 표현해야 한다. 회사 생활은 망설임과 두려움이 만든 침묵으로 이뤄지지 않는다.

마음에 자리한, 어쩌면 매우 소중한 뭔가가 입으로 발음되는 순간, 당신이 더 나은 모습으로 성장한다는 것을 잊지 않았으면 좋겠다.

12

당신의 삶이 돈이 된다면

영화 「인타임」의 세계관에서 시간은 곧 돈이다. 커피 한 잔에 4분, 권총 한 정에 3년, 스포츠카 한 대 59년 등, 모든 비용은 시간으로 계산된다. 시간이 많으면 부자이고, 시간이 적으면 가난한 사람이다.

그런데 이게 비단 영화 속만의 일일까? 이 영화야말로 현실을 적나라하게 반영한다고 생각한다.

"우리가 갖고 있는 유일한 자산은 시간이다."

- 조 도밍후에즈

조 도밍후에즈의 말처럼 시간은 모두가 공통적으로 활용할 수 있는 자산이다. 예를 들어, 2021년 동안 8,760시간이 주어졌다 하자. 그리고 우리는 올해 이미 약 560시간을 사용했다. 시간을 사용해 여행을 다녀오거나, 책을 읽거나, 강연을 들었을 수도 있다. 집에서 게임을 하거나 자신만의 취미 생활을 하는 데 시간을 사용했을 수도 있다. 그렇게 다들 시간을 사용해 다양한 선택을 한다.

만약 당신이 직장인이라면, 이 560시간 중 상당한 양을 일하는 데 사용했을 것이다. 근로 시간인 120시간을 사용했고, 출퇴근 시간과 초과 근무 시간을 합해 나에게 주어진 시간 중에 꽤 많은 시간을 회사에서 사용하게 됐을 것이다. 직장을 다니는 이유는 돈이다. 결국 직장인들은 자신의 시간으로 돈을 번다. 그리고 그렇게 번 돈으로 생활을 한다.

결국 우리는 「인타임」 속 사람들처럼 시간을 사용해 소비하고 있다. 시간을 들여서 돈을 벌고 그렇게 시간을 쓰며 번 돈을 소비하며 산다.

시간이 아깝다면 주식이나 부동산 투자로, 일하는 시간을 쓰지 않고 돈을 벌 수 있는 방법이 있다. 하지만 그 방법은 그리 쉽지 않다. 어느 정도 규모까지 모으기 위해서는 또 시간을 사용해 그 분야에서 성공할 수 있는 지식이나 방법을 연구해야만 한다. 결국 대부분의 사람은 어떤 식으로 활동하든 돈을 벌기 위해서는 시간을 쓸 수밖에 없다.

이러한 환경에 놓이게 된 이상, 그냥 회사에서 어쩔 수 없이 시간을 쓰고 돈을 버는 것으로 만족하면 되는 걸까? 우리가 회사를 다니는 이유가 돈뿐이라면, 귀한 시간을 단지 돈으로만 바꾸고 있다면, 좀 아깝지 않을까?

그런데 살펴보면 회사는 돈을 버는 것 외의 다양한 경험을 할 수 있는 공간이기도 하다. 예를 들어, 동료들과 좋은 관계를 만드는 경험, 바쁜 와중에도 1~2분만 시간 내서 잠시 마음의 여유를 가져 보는 경험, 일 속에 숨겨져 있는 이 사회의 비밀들을 하나하나 알아 가는 경험, 다양한 사람들을 보면서 인간에 대해 좀 더 깊게 이해하는 경험 등, 수많은 경험들을 8시간 동안 해 볼 수 있다.

회사에서의 더 다양한 경험을 위해 시간 사용을 선택한다면, 조금 더 다채로운 8시간으로 가꿀 수 있을 것이다.

내가 어쩔 수 없이 써야만 하는 8시간을 활용해, 좀 더 인생에 풍요로운 경험을 할 수 있다면 그 시간이 조금은 덜 아까울지도 모른다. 내가 말한 것 이외에도 각자가 발견할 수 있는 다양한 경험들과 인생의 의미가 회사 속에는 숨겨져 있을지 모른다. 투자가 성공해 재정적으로 독립을 하거나, 은퇴할 때가 되어 회사를 떠났을 즈음 우리가 알게 되는 가치들이 있을 수도 있다. 그것을 직장에 다닐 때 발견한다면 좀 더 가치 있는 회사 생활이 될 수 있을지도 모른다.

당신의 삶은 「인타임」 속의 시간 개념에 따라 움직이는가? 시간이 곧, 돈. 우리가 몸담고 있는 자본주의 또한 별반 다르지 않다. 시간은 돈, 어쩌면 마땅해 보이는 이 등식이 우리는 때때로 불편하기도 하다. 왜냐하면 당신과 나의 일률이 곧 돈으로 환산되기 때문이다. 우리는 더 다양한 매력과 가치로 더 많은 소득을 얻고 싶다. 하지만 회사에서는 당신의 숨겨진 가치 따위는 안중에도 없다. 당신의 미적 감각, 인간관계, 시원한 웃음소리, 그리고 당신의 맑은 목소리로 사무실 안이 얼마나 밝아지는지 모른다.

시간은 돈이란 공식을 당신만의 방식으로 깨 보는 건 어떨까. 회사나 자본주의에서 정해 놓은 공식 외, 당신만의 즐거운 회사 생활을 위한 방식을 한번 찾아봤으면 좋겠다. 돈으로 환산하면 몇 푼 안 되거나 마이너스가 될지 모르지만, 당신의 삶이 풍요로워질 수 있다면 괜찮지 않을까.

새벽은 더 깊어진다. 곧, 또, 출근! 반복되는 수많은 출근길. 언젠가는 이제, 드디어, 출근! 이런 기분이 드는 당신의 하루가 되길 바란다.

2 단계

'가짜' 나 거리두기

1

일할 때 '나'와 마주하는 두 얼굴

나를 도울 것인가? 아니면 나를 더 괴롭게 만들 것인가?

당신은 당연히 자신을 돕겠다는 선택을 할지도 모르겠다. 그런데 우리는 자주 자신에게 도움이 되지 않는 선택을 한다.

내 인생 첫 컨설팅 프로젝트를 할 때였다. 프로젝트가 진행되는 두 달 동안 집에 제시간에 간 적이 한 번도 없었다. 새벽에 퇴근하고 잠시 눈 붙이고 바로 출근하는 패턴의 연속이었다. 주말에도 보고서를 작성했다. 하루 평균 열두 시간이 넘도록 사무실에 머물렀지만 많은 조사를 하지는 못했다. 업무에 집중하기 위해서 자료들을 펼쳐 놓고 앉아 있으면 자꾸 딴짓을 했기 때문이다.

'이 프로젝트 실패하면 어떡하지? 조사해도 내가 원하는 정보가 안 나오는데…, 이 프로젝트 이미 망한 거 아니야? 자료들이 있긴 있는데. 아, 정말 모르겠다.'

컨설팅과 관련된 화면만 띄우면 잡념도 모습을 드러냈다. 프로젝트에 집중하지 못하고 중요하지 않은 업무와 웹서핑을 오가며 시간을 죽였다.

업무에 대한 집중력이 떨어지는 문제만 잘못된 게 아니었다. 나는 동료나 상사에게 조사 초기 단계부터 도움을 요청했어야 했다. 첫 프로젝트였기 때문이다. '일단 내가 어느 정도 조사하고 정리한 상태에서 도움을 요청해야지' 하는 생각을 했다. 그런데 난항에 빠졌을 때 서둘러 상사에게 내 엉망진창인 결과물을 보고했어야 했다. 나는 그러지 못했다.

그 상태로 보고하면 혼날 것 같았다. 혼나더라도 나는 최대한 빠르게 도움을 요청했어야 했다. 보고를 미루고 망설이다 시간만 흘러갔다. 나는 일이 시작되고 한 달이 지나서야 상사에게 중간보고를 했다. 아무런 방향조차 없는, 정리가 전혀 되지 않은 보고서였다. 보고는 약 40분간 진행되었다.

"처음 하는 프로젝트임을 감안해도 진도가 거의 안 나갔네? 방향을 잡지 못하겠으면 초기 프로젝트 시작 1~2주쯤 주변에 도움을 요청하는 건 기본 아닌가? 상사가 그냥 있는 것도 아니고, 상황이라도 좀 공유해야 일이 이 지경이 안 되지. 이 진행 속도라면 잘못하면 주변 동료들까지 다 투입해야 돼. 그게 얼마나 최악의 상황인진 알지? 이 보고서에서 좋은 점을 찾으려야 찾을 수가 없어. 그냥 다 다시 해야 될 것 같은데."

보고 시간 40분은 내 업무 진행 방법과 결과물의 퀄리티에 대한 상사의 비판으로 가득했다. 순간, 억울하다는 생각이 들었다. '첫 프로젝트인데 도움을 요청하기 전에 먼저 도와줬으면 좋았잖아' 하는 생각만 가득했다.

'왜 나한테만 이러지' 하는 생각에 괴로웠다. 그런데 부정적인 기분에 빠져 있을 여유가 없었다. 일단 프로젝트를 끝내야 했다. 하지만 나는 변하지 못했다. 자리에 앉을 때마다 집중도는 떨어졌다. '어차피 해봤자 욕만 먹을 거야…. 해서 뭐해…. 아, 정말 아무것도 하기 싫다' 하는 패배 의식이 점점 자라났다. 정신 차리고 업무에 집중해 보려 했지만, 왠지 모르게 자꾸 상사가 나에게 욕설을 하는 것 같았다. 내리 이틀 밤을 새웠지만 좀처럼 진도가 나가지 않았다. 상사에게 그 상태를 빨리 알리는 게 옳았지만 너무 두려워 그러지도 못했다. 나는 구제 불능이라는 자책만 반복됐다.

회의가 끝나고 내 진척도를 확인한 상사가 동료들을 호출했다. 결국 상사, 동료 할 것 없이 다 같이 달려들어 프로젝트를 마무리했다. 동료들에게 너무 미안했다. 그들은 오히려 괜찮다고 처음에는 그럴 수 있다고 나를 위로했지만 그럴 때마다 더 미안한 마음이 들었다.

그때 했던 행동들이 과연 나에게 도움이 되었을까? 하기 싫은 리더의 자리가 주어지려 할 때, 업무 폭탄이 떨어지려 할 때, 상사의 공격이 시작될 때 등 회사에서 힘든 상황이 다가오는 순간 우리에게는 두 가지 선택지가 있다.

나는 나를 도울 것인가, 아니면 방해할 것인가?

나의 선택은 후자였다. 비단 나뿐만 아니라 대개는 힘든 상황이 벌어졌을 때 불안, 걱정, 근심 등으로 자신에게 해로운 행동을 하곤 한다. 나의 경우, 일을 미루고 회피했다. 당연히 생산성은 떨어졌다. 최악의 행위는 자존심과 불안감 때문에 나의 진행 상황을 주변과 충분히 공유하지 못한 것이다. 그럼으로써 피해는 동료들에게 고스란히 전해졌다.

생각해 보면 시기를 놓치지 않고 도움만 요청했어도 별 탈 없이 끝날 일이었다. 상사가 했던 말들은 다 옳을 뿐만 아니라 나를 도와주는 내용이었다. 그런데 나는 상사가 나를 괴롭힌다고 생각했다. 내 머릿속에서 나는 희생자이자 피해자였고, 상사는 가해자였다. 한참이 지났는데도 그때가 떠오르면 마음이 쓰리다.

힘든 순간이 왔을 때 반대로 내가 나를 도왔으면 어땠을까?

똑같은 상황에서 자신을 더 지지하고 응원했으면 어땠을까? 그리고 상황을 더 객관적으로 봤으면 어땠을까? 사실 그렇게 불안해하고 걱정할 만한 일은 아니었다. 내게 주어진 첫 컨설팅 프로젝트여서 상사도 그리 큰 기대를 하지 않는 눈치였던 것 같다. 그때 만약 자존심이나 욕심 따위에 매이지 않고 상사에게 고민거리들을 솔직히 털어놨다면 전혀 다른 결과로 이어졌을지도 모른다. 그리고 프로젝트가 끝난 후에도 끔찍했다고만 여기지 않고 내가 성장할 수 있었던 좋은 경험이었다고 긍정적으로 평가했다면 인생에 더 도움이 되지 않았을까. 프로젝트는 계속해서 다른 모습으로 찾아올 테니 말이다.

힘든 상황에서 내가 나를 돕는다는 건 참 어려운 일이다. 힘들수록 시야가 좁아지고, 부정적인 감정에 휩싸여 하고자 하는 일들이 엇나가기 마련이다. 그래서 자신에게 꼭 질문을 던져야 한다. 안 그래도 힘든데 지금 드러낸 행동, 생각, 감정이 나에게 도움을 주고 있는가? 아니면, 그냥 더 괴롭히고 있는가? 그리고 계속해서 의심해야 한다. 내가 하는 게 진짜 나에게 도움이 될까?

내가 나를 방해하는 행동을 한다고 해서 주눅 들거나 더 힘들어할 필요는 없다. 자신을 괴롭힌다고 깨닫는 순간이 나를 도울 수 있는 시작점이기 때문이다. 지금부터 해 나가면 된다. 오늘 뭔가 잘 안 풀린다면 한번 질문을 던져 보자.

나는 지금 나에게 도움을 주고 있는가? 어떻게 하면 더 많은 도움을 줄 수 있을까?

2

팸 할머니의 조언

내 주변에 영국, 중국, 한국 등 다양한 국적의 부자가 많은 시기가 있었다. 2007년부터 7년간 영국에서 유학 생활을 했기 때문이다. 교내도 그랬지만 특히 내가 있던 과에는 영국 사립 고등학교 출신의 부유한 친구들이 많았다. 고등학교 때부터 회사를 경영한 터키 친구, 중국의 고위 공무원, 대형 건물을 보유한 집안 출신 등 다양했다. 자본이라는 기준으로 봤을 때 그들과 나의 격차는 어마어마했다.

그들과 함께하면서 부자라는 그룹도 정말 세세하게 나뉘어 있다는 것을 깨달았다. 누군가는 유학 생활을 위해 방 세 개가 딸린 2층 집을 통째로 빌렸다. 한 친구는 문화재로 지정된, 한참을 걸어야 닿을 수 있는 정원이 있는 집을 빌렸다. 고가의 자동차들로 이뤄지는 그들만의 리그는 덤이었다.

패션에서 세계가 구분되는 것도 신기했다. 명품에도 급이 있는 건 당연했다. 특정 패션쇼에서만 구할 수 있는 가방을 들고 다닌 친구도 있었다. 비싼 건 당연했고, 특정 회원만 살 수 있다고 했다. 그런 가방의 구입 경로를 알고 있는 친구들이 신기했다.

집안의 사회적 영향력에 따라서 방학 생활도 달랐다. 한 친구는 글로벌 톱 기업의 핵심 부서에서 인턴 생활을 했다. 법을 전공한 한 친구는 최고 로펌에서 인턴으로 일했다. 터키 친구는 고등학교 때 이미 회사 하나를 물려받은 사장의 신분으로 공부와 경영을 병행하고 있었다. 어느 날 그가 피곤해 보이기에 주말에 뭐 했느냐고 물어봤다. 그랬더니 회사 분기 예산 의사 결정 시즌이라 보고서 읽느라 바빴다고 했다. 내 눈에 유학 생활의 이러한 풍경은 돈과 자산이라는 기준으로 아파트 1층에서 20층까지 세밀하게 나뉜 계급 사회로 보였다.

부자가 있고, 그 위에 더 부자가 있고, 그리고 그보다 더한 부자가 끝없이 탑을 쌓아 가고 있다.

나는 부자들로 가득한 그곳에서 7년을 보냈다. 솔직히 그들이 많이 부러웠다. 그들에 비해 나는 초라했다. 영국 물가는 한국보다 2~4배 비싸다. 생활비로 지출되는 하나하나가 매우 부담스러웠다. 당연히 제일 저렴한 곳에서 생활했다. 마트에서 장을 볼라치면 평균 한 시간이 걸렸다. 식재료를 고르더라도 가격을 계속 비교했고, 더 저렴한 물건이 눈에 띌 때마다 계속 바꿔 집었다. 마트에 갈 때마다 모든 코너를 정말 샅샅이 돌아다녔다.

가끔 나는 뭘 하고 있나 하는 생각이 들었다. 동시에 부자들이 떠올랐다. 가격은 전혀 신경 쓰지 않고 마음 내키는 대로 행동하는 그들이 부러웠다. 내 처지를 돌아보며 신세 한탄도 하고, 부모님이 더 부자였으면 좋았을 텐데 하는 한심한 생각도 했다. 버스나 자전거를 타고, 어쩌다 걸어서 통학하는 동안 부자들이 소유한 모든 게 그저 부러웠다. 그 마음은 처음에는 호기심에 가까운 것이었다. 그러다가 나중에는 하루에도 몇 번이나 생각났다. 나는 부자들의 삶에 집착했다.

발단은 페이스북이었다. 2010년 페이스북이 급격하게 성장했는데 그곳에는 부자들의 일상이 고스란히 담겼다. 럭셔리 패션쇼, 5성급 호텔 스위트룸과 거기에 걸린 그림, 레이싱 카 서킷 주행 등 별천지가 따로 없었다. 나는 열심히 그들의 콘텐츠를 소비했다. 그러는 동안 나도 저랬으면 하는 갈망과 내 인생은 왜 이렇지 하는 절망으로 마음은 들끓었다.

그러던 어느 날 친하게 지내던 영국인 할머니 팸(Pam)에게 상담을 했다. 부자 친구 이야기를 곁들여 나도 부자가 되고 싶다고 솔직하게 말했다. 어떻게 하면 부자가 될 수 있는지 팸에게 물었다.

팸은 웃으면서 나에게 조언했다.

"네가 계속 그렇게 남에게만 시선을 두면, 길을 잃고 헤맬 거야. 그러나 네가 너만의 성장만 생각한다면, 길을 잃어버리는 일은

없을 거야.”

팸은 이렇게 말하면서 시선을 계속 부자에 두면 유학 생활이 불행해질 거라고 걱정했다. 시선을 돌리지 않으면 내게 아무것도 남지 않을지도 모른다는 엄중한 조언을 했다. 더 깊은 본질을 보라고 했다. 영국에 유학 온 목적을 떠올리면서.

그 말을 듣고 나에 대해 생각해 봤다. 나를 향한 관심의 끝에는 영국에 온 목적 ‘공부’가 있었다. 그래 맞다, 나는 영국에 공부하러 왔다. 팸으로부터 조언을 들은 후 공부에 더 매진했다. 부자들을 향한 나의 시선을 조금씩 거두기 시작했다. 내 관심사는 ‘부자를 향한 관심을 어떻게 나에게 돌릴 수 있는가’였다. 이것으로 나의 행복이 결정된다는 사실을 깨달았다.

부자들을 향한 내 감정의 정체는 열등감과 경쟁심이었다. 나는 이들과 끝없이 경쟁했고, 나 자신을 계속 괴롭혔다. 열등감에 대한 집착은 인생을 피곤하게 만들었다. 끝도 없는 계급 사다리를 계속해서 올라가야 했기 때문이다. 나의 가장 큰 문제점은 이 세상은 돈을 기준으로 만들어진 계급 사회라는 인식이었다. 그 세상에서 나는 끝도 없이 초라할 뿐이었다. 나는 거기에 없었다.

나는 ‘나’를 중심으로 세상을 보기 시작했다. 어제의 ‘나’는 내가 중심인 세상에서 중요한 기준이 되었다. 경쟁심과 열등감의 대상이 남이 아닌 어제의 ‘나’가 되니 정체 아니면 성장으로 나뉘었다. 0 아니면 플러스인 세상은 평화로웠다. 이 세상은 마이너스뿐만 아니라 부족한 것도 없기 때문이다. 이 세상에서는 사소한 성장도 플러스이기 때문에 부정적인 감정이 들어설 자리가 없었다.

회사도 마찬가지다. 계급 사회의 관점으로 보면 회사 역시 촘촘하게 나뉘어 있다. 직원들은 공식적이거나 비공식적으로 성과, 스펙, 연봉, 직군 등에 따라 나뉜다. 직원들 간의 급이 나뉘는 와중에 보이지 않는 곳에서 회사를 움직이는 이들이 또 있다. 바로 주주들이다. 보통 그들은 사모 펀드처럼 막대한 자금을 운영하는 투자사다. 이들 투자사에 돈을 출자하는 LP(Limited Partner)들이 또 있다. 요즘에는 그 위에 인공지능이 있을 수 있겠다는 생각이 가끔 든다.

회사에서 나의 시선이 남에게만 향해 있으면 불행은 당연하다. 하늘 위에 하늘이 끝없이 이어져 있기 때문이다. 또, 똑똑하고 잘난 사람들이 새롭게 태어나고 성장하고 있다. 거기에는 99% 확률로 나보다 훨씬 뛰어난 재능을 지닌 사람이 있다. 경쟁과 계층화에 너무 집착하다 보면 숨 쉴 구멍이 사라진다.

남이라는 잣대로 나를 비교하지 말고 오늘 하루쯤은 그저 있는 그대로 나의 모습에 초점을 맞추어 보면 어떨까? 나에 대한 건강한 관심으로 말이다. 내가 지금 무엇을 갖고 있고, 무엇을 잘하고 있는지 더듬어 보자. 작년보다 올해 더 나은 점들에 대해 관심을 갖고, 어떻게 나를 더 성장시킬지 고민하고 행동해 보자. 타인의 생각들을 지우고, 가만히 나를 들여다보자.

나만의 색깔, 나만의 기억과 추억, 아무도 못 해 본 경험을 다시 만나 보자. 이런 풍경 속에 나만의 보석이 숨겨져 있다. 이 세상에 하나뿐인 '진정한 나'라는 존재 말이다.

남과 경쟁하기 위해 치열하게 살지 말고, 나 자신을 위해 치열하게 살자. 열등감에 집착하고 허덕이다 보면 정작 나의 성장에 집중하지 못하게 된다. 성장은 나를 변화시키고, 궁극적으로 내 주변 환경을 변화시켜 준다. 성장하면 열등감의 근본적인 이유가 사라진다. 그런데 열등감 때문에 성장에 집중하지 못한다니 내 인생에서 얼마나 큰 손해일까? 누군가와 비교하기 위한 관심을 나의 성장으로 돌려 보자.

3

휴가 때 반드시 챙겨야 할 생각

2015년 5월, 나의 월급은 100만 원이었다. 최저 임금도 안 되는 수준이었다. 통장 잔고는 월세, 고정비를 빼고 나면 50만 원이었고, 생활비를 쓰면 몇만 원, 몇천 원으로 금방 줄어들곤 했다.

"오빠, 우리 이번 여름에 해외여행 가자! 동남아 갈 거니까 각자 100~150만 원만 내면 될 거야."

그 당시 여자 친구였던 지금의 아내가 이야기했다.

"동남아 여행? 에이 무슨 해외 여행이야, 그냥 데이트나 하자. 여름이라 물가도 비싸고 사람도 많잖아."

순간 난감했다. 내 통장 잔고로 해외여행은 무리였다.

"그러지 말고 가자. 너무 가고 싶단 말이야."

"그러면, 그럴까? 그래, 알았어."

원래 안 된다고, 돈이 없어서 못 간다고 대답했어야 했다. 하지만 자존심 때문에 그러지 못했다. 나는 내 주머니 사정을 부정했다. 해외여행 못 간다고 하면 스스로가 초라하게 느껴질 것 같았기 때문이다.

비행기와 숙소를 예약하는 날이 다가오자 아내가 일단 70만 원을 입금해 달라고 했다. 잠시만 기다리라고 해놓고, 힘들게 입을 열었다. 내 주머니 속을 비롯해 다 털어놓았다. 나 자신이 원망스럽고 아내에게 너무 창피했다.

잠시 후 아내가 나에게 제안했다.

"오빠, 그러면 내가 돈을 빌려줄 테니 매달 갚을 수 있는 만큼 갚아. 그리고 같이 해외여행 가자."

나는 심사숙고 끝에 그 제안을 받아들였고, 아내에게 100만 원을 빌렸다. 아내로부터 돈이 입금되었을 때 온갖 부정적인 생각들도 따라 들어왔다.

'내가 못나서 이렇게 급여도 적게 받는 회사에 다니고 있구나.'

'여자 친구에게 돈을 빌려야 하는 현실이 너무 싫다.'

'그냥 못 간다고 했으면 되었는데 왜 돈까지 빌리면서 내가 해외여행을 가는 거지?'

심지어 아내를 원망하기까지 했다.

'얘는 왜 돈을 빌려준다고 해서 나를 이렇게 더 비참하게 만들지? 그렇게 해외여행 가고 싶으면 그냥 친구들이랑 가면 되잖아.'

여행지에서 아내는 좋아했지만, 나는 기분이 좋지 않았다. 아내가 뭔가를 하자고 할 때마다 예민하게 굴었다.

"돈 아껴야지. 나는 이게 다 빚이란 말이야."

이렇게 말하는 내 자신이 너무 싫었다. 예민한 말투와 행동은 여행 내내 따라다녔고, 휴가도 어색하게 끝이 났다.

직장인에게 휴가는 스스로에게 주는 선물이다. 그렇기 때문에 자신을 위한 최선의 선택을 해야 한다. 나에게 주는 선물이기 때문에 '나'라는 사람을 중심에 두어야 한다. 무엇을 원하는지, 내가 처해 있는 상황과 환경은 어떤지, 얼마나 휴가를 보낼 수 있는지, 이 휴가를 함께하는 가족, 동료, 연인, 친구 들은 누구인지 등을 생각해야 한다. 이렇게 나를 둘러싼 환경들까지 섬세하게 배려하고 존중하면서 휴가를 준비해야 한다. 그 무엇으로도 나를 깎아내려서는 안 된다.

하지만 나는 그러지 못했다. 통장 잔고가 부족하고, 돈을 빌리는 자신을 끊임없이 부정했다. 해외여행을 가고 못 가고에 따라서 내 존재 가치가 달라지게 만들었다. 그러다 보니 나를 위한 휴가가 되지 않고, 그저 휴가를 위한 휴가가 돼 버리고 말았다. 배려한다는 건 스스로에 대한 인정을 말한다. 내 통장 잔고가 어떻든, 어쨌든 나는 소중한 존재이다. 그리고 정 마음이 불편했다면 아내에게 나는 갈 수 없다고 솔직하게 이야기했어야 했다.

나를 배려하면서 사려 깊게 생각해 보면, 휴가를 여행과 동일시할 필요도 없다. 사람마다 원하는 게 다르고 상황이 다르다. 그에 맞춰서 자연스럽게 휴가를 보내면 된다. 내가 처해 있는 현실을 직시하지 못하고 부정하기 때문에 문제가 시작된다. 내가 경험한 것처럼 말이다.

물론 내가 원하는 게 있지만, 그것이 여의치 않은 상황이 전개될 수도 있다. 스페인 순례를 하고 싶었지만 기간과 비용 문제 때문에 현실적으로 어려운 상황이었다. 그래서 다른 선택을 했다. 괜찮았다. 내가 최소 무엇을 하고 싶은 건지, 왜 하고 싶은 건지, 그리고 이번에는 왜 어려운 건지 최대한 나 자신과 나를 둘러싼 상황들을 잘 배려하고 선택했기 때문이다. 주머니 사정이 넉넉지 못해 비용이 덜 드는 곳을 가면 어떤가. 그렇다고 나의 가치가 떨어지는 건 아니다.

내가 휴가를 어떻게 보내든 괜찮다. 여행을 가든 집에서 편안한 안식을 취하든, 특정 공간을 가든, 누구와 함께하든, 혼자 하든 다 상관없다. 어떤 것도 나라는 존재 가치보다 더 위에 두지 않고 그저 나에게 주는 선물이라 생각하고 보낸다면, 그게 최고의 휴가다.

4

'착한 사람'이면 다 괜찮을 줄 알았는데

나는 어릴 때부터 '착한 아이'였다. 가장 큰 이유는 착하게 생긴 외모 때문이었다. 그래서 나에 대해 잘 모르는 사람도 나를 착한 아이로 기억했다. 초등학교 때 몇 번 이야기하지도 않았는데, 선생님은 우리 부모님한테 "애가 참 착하네요"라고 했다. 친구들도 똑같았다. "넌 참 착하게 생겼구나. 착할 것 같아. 참 착해."

이런 이야기를 계속 들어야만 했다. 같은 이야기를 반복해서 들으니 '나는 착하다'라는 정체성이 저절로 생겼다.

내가 주로 하는 행동은 주변 사람들에게 잘 맞추는 일이었다. 사람들이 품은 '착한 행동'이라는 기대에 부응해야 한다고 생각했다. 체육복, 필기도구, 노트 등 친구들이 빌려 달라고 하면, 기분이 선뜻 내키지 않았지만 그렇게 했다. 평소에도 착한 일이라 생각되는 일들은 꼭 하려고 했다.

어릴 적 착한 아이는 성인이 되어 착한 직장인의 인생을 이어나갔다. 맞춤형 인간, 인성 좋은 사람, 바빠도 요청하면 친절하게 응대해 주는 동료가 나를 지칭하는 말이 됐다. 대표님들이 특히 좋아했고, 주변 동료들 평도 나쁘지 않았다. 사회생활을 하는 데 '착함'은 많은 도움이 되었다.

그런데 착한 사람 프레임 때문에 난감할 때도 있었다. 정신없이 바쁜 와중에도, 동료가 요청하면 차마 거절하지 못하고 예스라고 대답했다. 그러다 어느 날은 그만 너무 정신이 없어서 대응을 못하고 말았다. 동료는 이럴 거면 왜 처음부터 안 된다고 하지 않았느냐면서 나를 나무랐다.

순간 나는 착한 사람의 쇠사슬을 끊고 '그러게 바쁜데 왜 부탁을 했느냐'고 동료에게 짜증을 냈다. 동료는 어이없다는 표정으로 내게 프로답지 못한 행동을 하지 말라고 충고했다. 순간 너무 화가 났다.

이럴 때 내 안의 착한 사람은 어떻게 해야 할지 난감해했다. 그러다가 내게 지시했다. 동료한테 사과하라고. 그의 지시에 따라 동료에게 미안하다고 말했다. 말은 그렇게 했지만, 내가 왜 미안해야 하는지 납득이 되지 않았다. 약간의 굴욕감도 느껴졌다. 하지만 내 안의 착한 사람은 그런 감정도 들면 안 된다고, 착한 사람은 그러는 거 아니라고 내게 훈계했다.

회사 생활 중에 한 번씩 짜증과 화를 내는 순간들이 있었다. 업무상 힘들고 상사의 비난이 쏟아질 때, 정신이 나가고 부정적인 반응이 튀어나왔다. 그럴 때마다 나는 의아해했다.

'나는 착한 사람으로 잘 살아왔는데, 왜 짜증을 내고 화를 내지?'

내가 낯설었다. 질문에 대한 답을 찾고 싶었다.

'지금 일이 너무 바쁘고, 동료나 상사가 나를 예민하게 만들어서 그래. 원래 나는 착한 사람이잖아. 그래, 나는 착한 사람인데 이런 모습은 내가 아니야. 이건 어쩔 수 없는 일이었어, 내가 화난 건 어쩔 수 없었어. 회사 생활이 원래 일도 많고 힘들잖아. 이런 환경에서 그럴 수 있지.'

이런 식의 답들이 조금씩 모습을 드러냈다.

"환경이 사람을 만드는 게 아니다. 환경은 그가 어떤 사람인지 드러낼 뿐이다."

– 에픽테토스

나는 그렇게 착한 내 모습과 낯선 모습으로 구분했다. 참 바보 같았다. 아무리 내가 생각하는 내가 아닌 낯선 모습이라 해도, 내가 아닐 수 있는 걸까? 그런 식의 생각은 나 자신을 부정하는 것밖에 되지 않았다. 내가 토해 낸 감정의 책임을 다른 곳으로 돌리고 있었다. 온전히 내가 이고 가야 할 책임을 나도 모르게 회피했다. 그리고 이런 내 행동은 습관이 되었다. 착한 사람이라는 틀에서 벗어난 내 행동은 나의 문제가 아니었다. 내가 한 행동이 아니라 환경 때문에 벌어진 어쩔 수 없는 일이었기 때문이다.

아이러니하게도 낯선 나를 더 부정할수록 짜증은 늘어 갔다. 어느 순간 착한 모습보다 짜증 내는 내가 더 자주 나타났다. 한 동료가 커피를 마시다 요즘 내 눈에 짜증이 보이는데 무슨 일 있느냐고 물었다. 나는 착한 사람이기 때문에 또 열심히 내가 처한 상황을 설명했다. 요즘 일도 많아 바쁘고, 직원들이 못살게 굴고, 집에서도 힘들고 등등. 그러면서 '원래 나는 그런 사람이 아닌데'라는 말을 덧붙였다.

시간이 지날수록 문제는 계속 발생했다. 결국 나는 상담을 받게 되었다. 그리고 깨달았다. 내가 나를 부정하는 내 모습을 말이다. 그리고 화내는 나, 짜증 내는 나도 결국 나라는 사실을 말이다. 나는 착한 사람이기만 한 게 아니라, 화도 짜증도 내는 사람이라는 사실을 깨달았다. 그렇게 받아들이고 나니 오히려 나를 더 지킬 필요가 없어졌다. 더 자유로워졌다. 내가 이럴 수도 있고 저럴 수도 있다는 사실을 알았기 때문이다. 반면에 책임감은 더 늘어났다. 나는 자유롭기에, 다양한 나의 모습들은 결국 내가 선택했음을 알았기 때문이다.

나를 받아들이게 하는 가장 좋은 방법은 단순했다. 내가 생각했던 것과 전혀 다른 내 모습이 드러났을 때 가만히 안아 주기. 혼내지도, 부정하지도 말고 포근히 안아 주기였다. 물론 생각이기 때문에 진짜 안아 준 건 아니었다. 하지만 그런 느낌을 갖고 부드럽게 대해 봤다.

생각만으로 나를 껴안는 시도는 나에 대한 긍정을 선물했다.

긍정이라는 뜻은 좋게 생각하고 더 행복하고, 이런 게 아니다. 수용이다. 내가 나를 더 받아들인 것이다. 유연함이 생겼다고 해야 하나? 내가 어떤 모습이든 유연하게 받아들이는 모습을 발견했다.

받아들이기의 다음 단계는 용기와 행동이었다. '내가 선택하는 거야'라는 마음으로 조심스럽게 용기 있는 행동들을 하기 시작했다. 다 착함이라는 틀과 거리가 먼 행동들이었다.

나는 배려하는 사람이기 때문에 싫은 이야기나 불편한 이야기는 피하려 했는데, 그것들을 말하기 시작했다. 연봉에 대해 대표님께 솔직하게 이야기를 했다. 불편한 상사에게 먼저 다가가 식사 자리를 마련하고 솔직한 감정을 표현했다. 바쁘면 동료의 업무 요청에 내가 원하는 바를 분명히 전달했다. 그렇게 나는 조금씩 '착한 사람'의 틀을 깨고 있다.

당신은 자신을 어떤 사람이라고 생각하고 있는가? 착한 사람? 이기주의자? 당신의 생각을 벗어난 낯선 자신을 만났을 때 부정하지 않았으면 좋겠다. 당신 안에 있는 자신이니까. 상처투성이일지도 모른다. 그저 꼭 안아 주길 바란다. 그러다 보면 스스로를 괴롭히는 문제 하나가 해결될지도 모른다.

5

연봉에 포함되지 않은 소중한 가치

사회에서 나의 가치는 얼마나 될까?

이런 질문을 떠올려 본 적이 있다. 최저 임금보다 더 낮은 급여를 받던 사회적 기업 시절이었다. 통장에 돈 액수가 찍힐 때마다 '내 가치가 이것밖에 안 되나' 하는 생각을 자주 했다. 그래도 사회에 좋은 영향을 미치는 일을 하니까 괜찮다고 자위했지만 다른 한편으로는 아쉬웠다.

그 당시는 소개팅 기회가 많을 때였다. 사람을 만날 때마다 자연스럽게 직장 이야기를 했다. 내가 사회적 기업에 다닌다고 소개하면, 대기업, 중견기업 하다못해 중소기업도 아닌 생소한 단어에 상대방은 낯설어했다. 그럼 나는 서둘러 주제를 바꾸곤 했다. 연봉에 대한 이야기가 나올까 봐 내심 걱정되었다. 그럴 때마다 내가 진짜 회사에 다니고 있는 게 맞을까 하는 생각이 들었다.

지인이 내게 조언을 했다.

"직장인의 가치는 돈이야. 연봉이 너의 가치를 결정한다고. 그러니까 하루빨리 사회적 기업 그만두고 연봉 높여서 이직해."

그 당시에는 알았다고 이야기했지만 사실 그 말에 100% 동의하지는 않는다. 돈, 물론 중요하다. 하지만 '나의 가치 = 연봉'에는 동의할 수 없다.

사회적 기업에는 '사회적 가치'라는 개념이 있다. 많은 연구자가 사회적 가치를 측정하고 평가하려고 시도한다. 사회적 기업의 진정한 가치는 단순히 재무적인 성과로만 평가될 수 없기 때문이다. 사회적 기업은 매출과 고용 창출뿐만 아니라, 더 넓은 범위에서 이 사회에 긍정적인 영향을 준다.

일반 기업 가치를 산정할 때 얼마나 돈을 잘 벌 것인가 하는 관점으로 접근한다. 그래서 기업 가치는 돈으로 환산된다. 마치 직원의 연봉을 계산하듯이 말이다. 하지만 사회적 가치는 돈으로 계산하기가 어렵다. 사회적 기업 중에 심리 상담 앱 서비스 회사가 있다. 그 상담료를 지불하고 받으면서 매출이 일어난다. 그리고 상담으로 사람의 인생이 바뀌기도 하는데, 그 사회적 영향력은 측정하기 정말 어렵다. 또한 친환경을 외치는 파타고니아가 환경 보호에 미치는 사회적 영향력을 돈으로 환산한다는 건 거의 불가능하다.

그래서 정량, 정성적인 다양한 방법들을 고려해서 사회적 가치를 평가한다. 평가할 때 제일 중요한 관점은 영향력이다. '이 기업이 사회에 어떠한 긍정적인 영향력을 주었는가'라는 질문으로 평가를 한다.

이 사회에서 '나'라는 존재도 마찬가지다. 만일 우리에게 사회적 가치가 있다면, 단순 연봉만으로 우리의 모든 가치를 평가해서는 안 된다. 어쩌면 눈에 잘 보이지 않지만 우리는 사회나 동료들에게 긍정적인 영향력을 주고 있을지 모른다. 이 영향력들을 고려해야 한다.

예를 들어, 눈에 띄지 않는 사소한 배려와 책임감, 손해 보더라도 조금 양보하기, 동료와 이야기할 때 공감하기, 동료의 도움 요청에 웃으며 수락하기, 이런 것들은 분명히 긍정적인 영향력을 준다. 대부분은 연봉과 상관없고 눈에 잘 보이지 않지만 분명히 회사에 좋은 영향력을 미치는 요소들이다. 이런 요소들은 당신의 연봉에 반영되어 있지 않기 십상이다. 하지만 같이 일하는 동료들은 분명히 알 것이다. 돈으로 환산할 수 없는 사회적 가치 같은 것들은 혜택을 받는 수혜자인 경우 그 가치를 알아차리는 경우가 많다.

그리고 이보다 더 중요한 점은 내가 좋은 영향력을 미치고 있다는 사실을 인지하는 것이다. 내가 누군가와 영향력이라는 이름으로 연결되어 있다는 사실은 회사 생활에 '의미'라는 동기부여가 된다. 그리고 나만의 사회적 가치는 회사에서 나올 때도 큰 빛을 발한다.

예를 들어, 당신이 회사를 그만두고 에어비앤비를 운영한다고 해 보자. 당연히 좋은 지역, 사업적인 감각이 중요하다. 그리고 서비스. 회사라는 환경에서 동료들에게 끼쳤던 나만의 좋은 영향력이 이제는 손님을 향해 흘러간다. 회사에서 동료에게 했던 대로 어쩌면 더 좋은 마음으로 손님을 배려하고, 손님에게 공감으로 다가가고자 하는 나만의 살아 숨 쉬는 가치는 매출 증가로 돌아온다. 손님은 주인이 갖고 있는 사회적 가치를 더 예민하게 느끼기 마련이다. 이는 더 많은 호응과 리뷰로 이어진다. 그리고 사회적 가치는 어느새 나만의 넘볼 수 없는 브랜드가 된다. 이러한 가치는 더 나아가 계속 선순환이 되어 당신을 더 열정적인 사람으로 만들 것이다. 일을 하면서 더 많은 의미를 느끼기 때문이다.

사회에 좋은 가치를 제공하는 사람은 언젠가 인정받는다는 나만의 믿음이 있다. 주변 동료들과 그 혜택을 받는 사람은 알게 될 것이다. 그리고 모르면 좀 어떤가. 본인이 그것을 인지하고 자부심을 품고 살면 된다.

연봉이 중요하지 않다는 건 아니다. 다만 좀 더 넓은 범위에서 자신의 가치를 평가했으면 한다. 스스로가 이 사회, 또는 주변 사람들에게 미치는 긍정적인 영향력을 인지해 보자. 반대로 연봉이 높다고, 스스로 가치가 매우 높다고 판단하는 것도 금물이다. 어쩌면 나도 모르게 미치는 부정적인 영향력이 존재하고 나의 실제 가치는 생각보다 낮을 수 있다. 그렇기 때문에 자신에 대한 냉정한 가치 평가와 자신이 미치는 영향력들에 대해 솔직하게 생각해 봤으면 좋겠다.

'나의 가치 = 연봉'이 항상 맞다고 생각하지 않는다. '나의 실제 가치 = 내가 주변에 미치는 긍정적인 영향력'이다.

긍정적이고 지속 가능한 나만의 가치는 무엇일까?

당신이 이 질문에 대한 답을 찾고, 그것을 키워 나가다 보면 세상이 좀 더 넉넉하게 느껴질지도 모르겠다.

6

정치 희생양의 또 다른 그림자

모두의 마음속에 자신만의 회사 풍경이 있다. 우리는 끊임없이 주변 상황에 집중하며 어떤 일이 벌어지고 있는지 판단하면서 살고 있다. 특히 회사라는 환경에 놓이게 되면 집중도는 더 올라간다. 머리를 쓰윽 내민 미어캣처럼 주변의 소리와 풍경, 사람들의 표정과 회사를 인지하려고 한다. 이곳은 좋은 회사인지, 리더십을 형성하는 인간들은 어떤지 우리는 끊임없이 회사를 판단한다. 그렇게 내 안에 회사의 모습이 담긴다.

내가 판단하고 바라보고 듣고 그린 이 모습은 과연 실제와 같을까? 과연 왜곡 없이 이 현실을 그려 낼 수 있을까? 이와 관련된 이야기 하나를 소개한다.

누구나 회사에서 인정받고 성과도 좋아 승진에 거칠 게 없고 인간관계도 원만해 회사 다니는 재미로 산다면 좋겠지만, 이건 소수의 이야기다. 대부분의 직원들은 상사에 치이고 회사에 눌려 산다. 나는 끊임없이 회사 생활에 상처받고 실망하곤 했다. 상처들이 점점 쌓일 무렵 나와 비슷한 처지에 있는 동료들을 알게 되었다. 우리는 생각이 비슷한 것을 확인한 후 단체 채팅방을 만들었다. 채팅방이 만들어진 후 그때부터 틈만 나면 회사를 욕하기 시작했다. 상사에 치이고 나서 동료들과 약 두 시간 동안 뒷담화를 하고 나면 마음이 후련했다.

그렇게 욕하는 나날이 늘어 갔고, 어느새 강력한 동지애가 형성되었다. 나의 하루 풍경도 달라졌다. 무능한 상사를 욕하는 걸로 하루를 시작했고, 마무리는 동료들과 한잔하면서 회사 경영진이 요즘 얼마나 바보 같은 행동을 하고 있는지 떠들어 댔다. 신문에 나오는 훌륭한 회사들과 열심히 비교하면서 말이다. 그러는 동안 이 회사를 제외한 다른 곳들은 정말 좋을 것 같다는 생각이 들었다.

우리는 더 큰 그룹의 필요성을 느꼈다. 규모가 커야 회사에 더 큰 영향력을 펼칠 수 있었기 때문이다. 회사 내에서 능력 좋기로 소문난 직원에게 접근했다. 조심스럽게 상사와 회사 험담을 늘어놓고 의견을 물었다. 뜻밖에도 그는 나의 말에 조목조목 반대 의견을 달았다. 무능한 상사에 대해서는 실무적으로 경험이 부족해 모르는 부분은 분명히 있지만, 자신이 보지 못하는 부분을 잘 봐주고 조언해 줘서 업무에 도움이 될 때가 많다고 말했다. 직장과 상사를 볼 때 바로 부정적으로 판단하는 것보다 장단점을 살피며 다양한 관점으로 접근해야 한다는 충고는 덤이었다.

순간 당황했다. 그날 밤 모임에서 그의 이야기를 꺼냈다.

"야, 걔는 우리 회사 핵심 라인이라 그래. 좀 못하고 실수해도 상사가 봐주는 편이잖아. 그러니까 상사가 좋게 보이지. 사람들이 걔 엄청 정치적이라던데…."

동료 중 한 명이 말했다. 나는 고개를 끄덕였다. 우리는 그가 우리 그룹과는 맞지 않다는 결론을 내렸다. 그 후 한동안 정치라는 키워드가 머릿속에 맴돌았다. 전에 받았던 나에 대한 저성과자 평가도 떠올랐다. 이상했다. 내가 정치 희생양이 된 듯했다. 나름대로 성과가 있었는데 그 부분은 하나도 인정해 주지 않았다는 확신이 들었다. 새삼 뜻을 함께하는 그룹이 있다는 것이, 내가 틀리지 않았다는 믿음을 되찾았다는 사실이 고맙게 여겨졌다.

정치라는 관점에서 회사를 보니 이곳이 참 이상하게 굴러간다는 생각이 들었다. '왜 저 친구들은 지각해도 봐주는 거지?' 이런 자잘한 의심이 삐죽삐죽 솟았다. 그리고 그들은 라인이라는 생각이 들기 시작했다. 알고 보니 회사에 굳건한 라인이 존재하고 있었다. 몇몇 인정받는 직원들은 자신들만의 역량과 성과가 아니라 라인을 잘 타는 기술로 돋보이는 듯했다. 갑자기 내 자신이 처량하게 느껴졌다. 점점 정치 라인의 희생양과 내 모습이 겹쳐 보였다. 일하기가 정말 싫어졌다.

그룹 동료들과 술 한잔하면서 험담하는 동안 회사가 점점 싫어졌다. 하루하루 처리해야 할 업무들도 성가시기만 했다. 그러다 보니 내가 맡은 업무들의 효율성이 바닥까지 떨어졌다. 팀원들이 불평 섞인 소리를 하면 이런저런 핑계를 댔다. 인사고과에서 최하점의 평가를 받았다. 억울했다. 이렇게 된 건 내 잘못이 아니었다. 나는 그저 정치 희생양일 뿐이었다. 절이 싫으면 중이 떠나면 된다는 말이 떠올랐다. 나는 환경을 바꾸기로 결심했다.

그렇게 퇴사하고 나서, 다른 회사의 복도를 밟았다. 고르고 골라서 갔다. 하지만 세상에 이런 회사가 있을까 싶을 정도로 모든 게 비합리적이었다. 상사는 한층 더 심했다. 순간, 퇴사한 게 후회스러웠다. 두 회사를 곰곰이 비교해 보니 전 회사가 꽤 괜찮은 곳이라는 생각이 들었다. 마음을 같이했던 동료들은 모두 회사에 남아 잘 지내고 있었다. 몇 명은 승진도 했다.

그때 당시 도대체 어디서부터 내 인생이 꼬였던 걸까. 한참 시간이 지나 회사를 보는 눈이 생기고 더 성숙해졌을 때 알게 되었다. 그 회사에 있는 동안 나는 그저 감정과 험담에 빠져 그곳의 진짜 모습을 보지 못했던 것이다. 나름 괜찮은 회사였고, 꽤나 오래 다닐 만한 곳이었다. 나는 확신 편향에 빠져 있었던 것이었다. 동료들의 말이 내가 품은 생각과 일치하자 조금의 의심도 없이 확신을 갖게 되었다. 그때부터 나와 생각이 다른 사람들이 불편해지기 시작했던 것이다.

정치적이었던 건 나였다. 내가 사람들에게 회사와 상사에 대해 묻고 다니고, 나와 생각이 다르면 그것에 대해 감정 섞인 반문을 했던 것이다. 반대 의견이 더 합리적일 수 있음에도 불구하고 말이다. 그렇다, 나는 사상 검증을 했던 셈이다. 나는 그 회사에서 그저 저성과자였다. 더 열심히 했으면 성과를 낼 수도 있었을지 모른다. 그런데 나는 유감스럽게도 불만 가득한 낯으로 회사 욕하는 데 열성적이었다. 정치에 대한 섣부른 감정이 내 눈을 멀게 했고, 혀에서 소중한 단어를 빼앗았다. 그리고 그때의 기억은 인생에서 참으로 부끄러운 순간으로 남았다. 차라리 열심히라도 했으면, 저성과자로 남은 그 시절이 후회는 안 되었을 텐데…. 지금 생각해 보니 회사에서는 나를 생각한다고 나름 기회도 많이 줬다. 그 기회들을 하나하나 떠올려 쌓다 보니 그 회사가 참 괜찮은 곳으로 그려진다. 그 후 나는 실수를 반복하지 않도록 나에게 질문을 던진다.

나는 진짜로 이 회사를 제대로 보고, 듣고 있는가?

남이 하는 이야기에 의존해 맹신하고 있지는 않은가?

내가 판단하고 생각한 이 회사 모습을 나는 의심해 본 적이 있는가?

이 질문들은 습관적으로 머릿속을 떠돈다.

당신의 마음속에 그려진 회사와 상사는 어떤 모습인지 궁금하다. 그 모습 속에서 자신도 모르게 부정적인 감정들이 올라온다면 위의 질문들을 해 보면 어떨까? 생각보다 더 따스하고 편안한 색채로 그린 모습이 나타날지도 모르겠다.

7

회사에서 실종된 '나'를 찾습니다

월요일 오후다. 주말의 달콤한 꿈은 어느새 산산조각 나 있다. 정신없이 일하다가 문득 사무실을 둘러보았다. 순간, 이런 질문이 들었다.

나는 누구일까?

"나는 김 매니저라고 합니다. 저는 HR을 담당하고 있고, 주요 역할은 평가·보상 기획입니다"라고 이야기하는 게 맞는 걸까? 잠깐! 그렇다면 '나 = 김 매니저 = HR 담당자'인데, 이게 맞는 건가? 아닐 것이다. 왜냐하면 이건 그저 현재 회사에서 부여받은 직위이고, 역할일 뿐이기 때문이다. 내가 직위이자 역할 그 자체라면, 이 회사를 퇴사하고 백수가 되는 순간 나라는 존재는 사라져야 한다. 하지만 그렇지 않다. 나는 여전히 존재한다. 그러므로 이건 내가 아니다.

그럼, 나는 누구일까?

나는 다시 곰곰이 생각에 잠겼다. 잠깐! 그럼 내게 질문을 던진 나는 누구지? 내 안에 내가 있었다. 나라는 사람을 인식할 때 내면에 무언가 존재한다는 생각이 들었다. 그게 무엇인지 잘 모르겠지만 무언가 존재하는 게 느껴졌다. 그리고 이 내면의 나와 다르게 내 외부의 나와 관계있어 보이는 것들은 내가 아니라는 생각이 분명하게 들었다. 내부와 외부는 놀랍게도 뚜렷한 모습으로 나뉘어 있었다. 그런데 이런 사실과는 다르게, 나와 관계가 있다는 사실 하나만으로 회사 내에서 직위 업무들과 나는 계속 연결되어 있었다. 우리 외부 세계에 있는 나라는 존재는 무엇도 아니라는 걸 알고 있다. 하지만 종종 나는 이 사실을 잊어버린다.

자신을 잃어버린다는 것은, 나라는 존재가 매니저, 대리, 과장과 동일시된다는 의미임을 깨달았다. 내가 그 직위와 동일시될 때를 생각해 보자. 그 상황에서 나는 지위에 따라 나의 가치와 생각을 연결한다. 내 지위가 올라가면 내 가치가 올라가는 거고 낮아지면 내 가치가 낮아지는 거라고 생각하는 것이다. 여기서 문제는 내가 지위에 몰입할수록 나 자신이 사라지게 된다는 점이다. 나보다 지위가 높은 사람을 보면 괜히 주눅 들고, 낮은 사람을 보면 교만하게 된다. 직위가 높을수록, 내 밑에 사람들이 많을수록 나는 점점 더 대단한 사람이라는 생각이 들게 된다. 이렇게 생각하다 보면 막상 직위가 없어진다면 어떻게 되는 건가 하는 질문이 찾아온다. 답은 간단하다. 회사가 아예 없어진다면 자연스레 나의 가치 또한 신기루처럼 사라질 것이다. 나라는 존재가 무너지게 되는 구조다.

업무도 마찬가지다. 때론 자신을 잃어버릴 만큼의 업무가 곧 나 자신이 된다. 이게 두드러질 때는 자기가 수행한 업무 결과물을 누군가 비판하거나 비난하는 순간이다. 사실 업무 결과물은 나와 분리된 존재다. 그저 내가 열심히 해서 작업한 결과다. 비판은 받아들여서 개선하면 되고, 말도 안 된다고 생각하면 그대로 관철해 나가면 그만이다. 하지만 우리는 기분 나빠하거나, 심하게 기뻐한다. 왜냐하면 내 업무 수행 결과물에 대해서 누군가 언급할 때 마치 나에 대해 이야기한다고 생각하기 때문이다. 다시 한번 물어보자.

회사에서 일하고 있는 나는 누구일까?

회사에서 나 자신을 찾는다는 건 그런 환경에서 나라는 존재가 어떤 의미인지 살핀다는 뜻이다. 즉, 회사와 나의 관계를 정립해 보는 것이다. 분명한 건 나는 무슨무슨 대리 같은 직위 자체가 아니고, 내가 하는 업무도 아니라는 점이다. 나는 엄연히 그것들로부터 분리된 존재다. 이 말은 업무를 대하는 태도와 전혀 상관

없다.

당신의 직위와 결과물, 당신에 대한 남들의 평가, 이것들은 당신을 온전히 설명할 수 없다. 만약 이것들로 당신의 진짜 모습을 잃어 가고 있다면 스스로 자신을 지우고 있는 건 아닌지 돌아봤으면 좋겠다.

"당신은 외부 세계가 아니다. 당신은 안에서 세상을 내다보고 있는 그다. 당신이 무언가에 빠져서 생각과 감정의 소용돌이에 휘말려 있을 때 당신은 자기 스스로를 인식하게 되는 것이다."

– 마이클 A. 싱어, 『상처받지 않는 영혼』

8

방황의 도포 자락에 감춰진 하루

통장에 들어오는 월급은 0원이었고, 회사 통장 잔액은 100만 원 미만으로 추정되었다. 사회적 기업이었던 내 첫 직장의 상황이었다. 당시 '사회적 가치'는 내 인생의 모토였고 끝까지 추구해야 할 길이라고 생각했다. 영국 유학 중 전공했던 과목도 '기업의 사회적 책임'이었고, 논문 주제도 '사회적 가치 평가'였다. 그렇게 꿈을 꾸듯 공부를 마치고 한국에 돌아왔다. 그런데 직장은 내게 방황을 선물했다.

방황의 사전적 정의는 '이리저리 헤매어 돌아다님, 분명한 방향이나 목표를 정하지 못하고 갈팡질팡함'이다. 나는 사회적 기업 안에서 돈과 사회적 가치 틈에 끼어 이러지도 저러지도 못했다.

처음에는 모든 게 그저 좋았다. 개발도상국의 사회적 기업가들에게 자원을 연계해 주는 사업이었다. 아프리카, 동남아시아 등 다양한 국가들과 연결되는 프로젝트를 진행했다. 꽤 보람 있는 일이었다. 1년이 지나자 무급이었던 급여가 30만 원, 100만 원이 됐지만 동시에 고민도 늘어나기 시작했다.

나는 직장을 다니는 건가 아니면, 그냥 자원봉사를 하는 걸까?

회의가 살짝 싹을 틔웠다. 1년이 지났는데도 회사는 마땅한 수익 모델도, 급여를 줄 자본도 없었다. 매출과 수익성에 대해 고민했지만 회사와 나의 통장 잔고는 늘 바닥 상태였다. 나는 1년여를 더 고민하며 출퇴근하다 2년을 채우고 영리 스타트업 영역에 발을 디뎠다. 이왕 매출을 걱정할 바에야 그것과 더 어울리는 곳에서 허우적대는 게 낫겠다 싶었다. 그런데 갈등은 끊임없이 이어졌다. 이직한 회사에서는 사회적 가치에 대한 이야기가 거의 없었다. 그러다 보니 이번에는 사회적 가치에 대한 갈망이 슬그머니 비어져 나왔다.

과연 나는 사회적 가치와 무관한 이런 곳에 어울리는가?

5년간 사회적 가치와 경제적 가치 사이에서 어디로 가야 할지 몰라 갈팡질팡했다. 그때 나는 그럴듯한 방황의 도포를 둘러쓴 모습이었다. 어디에 있건 내가 무엇을 해야 할지 목표가 분명해 보이지 않았다.

그런데 아이러니하게도, 내 인생에서 단 하루도 내가 무엇을 해야 할지 몰랐던 날은 없었다는 것을 발견했다. 사회적 기업의 시간을 끝내고 이직하기로 마음먹은 날도 그랬다. 대표님께 장문의 메일을 보내야 했고, 무슨 말을 해야 할지 나는 알고 있었다. 동료들에게 어떻게 이직 사실을 전달해야 할지 잠시 고민은 했지만 나는 분명하게 알았다. 내가 방황이라고 표현한 기간 중 내게 주어진 하루에 내가 할 일은 명확했다.

어쩌면 우리는 하루하루 무엇을 해야 할지 알고 있으면서, 스스로 방황하고 있다고 착각하며 사는지도 모른다. 끝없이 가치에 대해 고민하지만, 내게 주어진 순간들은 선명하다. 퇴근하고 아내와 저녁식사를 함께하면서 오늘 있었던 일들 나누기, 잠자리에 들기까지 열심히 글을 쓰거나 책 읽기 등등. 이런 것들은 방황과 거리가 전혀 멀기만 하다.

생각해 보면 짧게는 3년, 길게 보면 10년 단위의 인생 흐름은 내가 어떻게 할 수 있는 게 아니다. 방황했다고 착각하는 이유는 내가 내 인생을 마음대로 할 수 있을 거라는 오만함에서 비롯되는지도 모른다.

내가 어찌할 수 있는 건 오늘 하루다. 더 쪼개어 지금 주어진 한 시간을 활용하는 모습은 더더욱 구체적으로 다가온다. 그 시간 안에는 열심히 했다는 뿌듯함도 있고, 이걸 왜 했을까 하는 후회도 있지만, '오늘 뭐 할까'라는 질문에 나는 자신 있게 대답할 수 있다.

회사에서 업무를 보든, 자투리 시간에 게임을 하든, 여전히 취업 준비를 위해 공부를 하든, 괜찮다. 우리는 우리만의 하루를 살고 있다.

그렇게 한두 해를 매일매일 살다 보면 어떤 신호가 느껴지는 하루가 불쑥 나타난다. 마음을 훔치는 채용 공고를 우연히 발견하게 될 수도 있고, 갑자기 이직을 결심할 수도 있다. 어쩌면 창업 아이디어가 어느 날 갑자기 떠오를 수도 있다. 이런 변화에 맞춰 그날 하루를 살아가면 된다. 만약, 오늘 아무 일도 일어나지 않는다면 주어진 일들을 묵묵히 해내면 된다.

당신이 어떤 선택을 하든 또 하루를, 또 살아 내면 된다. 당신이 그토록 찾는 기회는 이처럼 이어지는 어떤 하루에 숨어 있을 것이다. 방황은 그저 밝은 미래를 위한 제단 한 곳에 놓인 제물에 불과하다. 당신이 오늘 하루 무엇을 해야 할지 알고 최선을 다해 산다면, 제단 따위는 치워 버려도 좋다. 그저 묵묵히 하루, 또 하루 이어지는 징검다리를 건너다 보면 분명 건너편에 당신이 찾던 뭔가가 나타날 것이다.

9

마음속에 숨겨진 열쇠

글쓰기나 업무에 하루 종일 온전히 몰입할 때가 있다. 그런 날에는 대개 놀라곤 했다. 투자한 시간에 비해 생각보다 많은 결과물들이 쌓여 있었기 때문이다. 예를 들어, 토요일 하루 종일 몰입해서 지낼 경우 브런치 1주 할당량에 해당하는 글 세 편을 기획부터 초안까지 완료했다. 회사에서도 하루를 온전히 몰입하면 평소보다 2~3배 높은 생산성으로 결과물을 쏟아 내었다.

생산성이 높다는 건 결과물이 꾸준히 많이 나온다는 의미다. 물론 결과물의 질에는 한계가 있다. 나의 경험, 재능, 역량, 환경에 영향을 받기 때문이다. 하지만 결과물의 양은 내가 온전히 몰입한 시간에 비례하곤 했다. 그리고 결과물을 많이 만들수록 더 많은 경험이라는 자산이 쌓인다는 것을 알았다. 즉, 하루 중 몰입하는 시간의 비율이 높을수록 인생에 더 많은 결과물이 쌓이고, 이는 자연스레 나의 성장을 이끌게 된다는 것을 깨달았다.

그런데 문제는 몰입하는 시간의 비율을 높이는 게 쉽지 않다는 것이었다. 하루 한 시간 또는 한 순간에 몰입하는 자세가 중요다는 걸 알았다. 집중은 참 어렵다. 특히 기획 업무. 서비스 기획을 한 적이 있었는데, 집중하지 못하고 유튜브와 웹툰을 오락가락하느라 몇 시간을 허비했다. 벤치마킹한다고 다른 앱을 켰다가, 그게 너무 재미있어서 시간 가는 줄 모르고 놀다가 몇 시간을 날려 보내기도 했다. 그 앱을 실행하면서 쌓은 데이터는 극히 미비했고, 그걸 실행하면서 참고할 만한 게 별로 없다고 생각했는데도 말이다.

나의 관심은 이상하게 자꾸 기획서 화면이 아니라 다른 쪽으로 쏠렸다. 그러다가 이메일이 궁금해 열었는데 업무 이메일을 발견했고 거기에 답장하느라 바빴다. 데드라인이 불과 하루나 이틀 정도 남았을 때 초인적인 힘을 발휘해 기획서를 겨우 작성했지만, 전혀 만족스럽지 못했다.

일에 몰입이 안 되자 방해되는 환경들을 없애기 위해 다양한 방법을 시도했다. 자꾸 웹툰에 한눈팔지 않으려 기획서를 쓰는 동안 일부러 인터넷 연결 자체를 끊어도 봤다. 그리고 상사에게 양해를 구하고 조용한 카페에 가서 작업을 했다. 한두 시간은 일에 몰두하는 듯싶다가도 어느 순간 딴짓을 하고 있는 나를 발견했다. 계속 나도 모르게 무언가를 미루는 느낌이었다. 머리를 쥐어뜯으며 짜증이 일곤 했다.

어떻게 해야 할까? 그렇게 나의 고민은 이어졌다. 다양한 책도 읽어보고, 다양한 관점으로 생각하려 노력했다. 그러다 한 가지 사실을 발견했다.

내 문제가 아니라, 환경 문제란 전제로 해결하려 했던 것이다.

인터넷이 연결되어 있고, 이 세상에 너무 재미있는 콘텐츠가 많아서 몰입할 수 없다고 판단한 것이었다. 나는 문제를 오로지 환경 탓으로 돌린 셈이다. 일에 몰입해야 하는 건 엄연히 나다. 설사 환경의 영향을 받았더라도 딴짓을 선택했기에 나는 그렇게 행동했다. '이건 내 책임이 아니야'라는 전제를 깔고 자꾸 문제를 해결하려다 보니 답이 안 보였던 것이다.

관점을 달리해 나를 의심(?)하자 새로운 문제 정의가 도출되었다. 여기에는 아들러 심리학이 도움을 주었다.

사실 몰입을 못하는 데는 나의 내면의 이유가 있었다.

"인간은 어렸을 적부터 경험 등을 통해서 삶의 목적을 설정하고, 그 목적을 달성하기 위하여 행동한다."

– 알프레드 아들러

나는 내면을 관찰했고 중요한 것을 발견했다. 나의 목적은 비난받는 것을 회피하는 데 있었다. 왜냐하면 나는 인정과 비난에 너무 민감했기 때문이다. '기획서를 다 작성했는데, 누군가 비난하면 어떡하지?' 이런 마음이 내 안을 가득 채웠던 것이다. 사실 나는 결과물에 대한 비난보다는 칭찬을 많이 받는 편이었는데, 비난받을지 모른다는 두려움에 자꾸 기획서 작성을 회피했다.

역설적으로, 비난이라는 고통을 회피하려다가 업무를 미루게 되고 최선을 다해 만든 결과물을 얻을 기회를 놓쳤던 셈이다. 대가는 생각보다 컸다. 하루하루 미뤘던 시간은 어느새 1년이 되었다. 그간 사라진 기회비용은 경험을 열심히 쌓아야 할 시기라는 점을 감안하면 꽤 큰 규모였다. 그나마 다행인 건 지금이라도 이건 환경이 아니라 내면 문제라는 사실을 깨달았다는 점이다.

이를 극복하기 위한 다양한 훈련 방법이 있다는 것을 알았다. 결론적으로, 불안과 두려움이 근본적으로 없어지지는 않았다. 이것들은 내 인생을 통틀어 사라지는 감정은 아닌 것 같다. 그러한 불완전성이 있기에 나는 인간이라는 생각이 들었다. 그것들을 잘 다루는 게 앞으로 남은 인생 숙제 중 하나인 듯싶었다.

내면의 문제가 조금씩 나아질수록 놀랍게도 몰입하는 시간이 늘어났다. 아주 작은 깨달음이었지만 내 인생에 미치는 영향은 생각보다 컸다. 예전에는 일에 몰입하지 못하고 인터넷 서칭을 하면서도, 어떻게 이 짓을 하지 않을 수 있을까 자문하곤 했다. 그런데 지금은 내 안을 가만히 들여다본다. 어떤 감정이, 어떤 모양과 기세로 움직이는지 알아보려 한다. 그리고 최대한 마음을 평온하게 하기 위한 노력들을 한다. 그 결과 내 인생의 생산성은 높아지고 더 많은 결과물들을 만들어 내게 되었다.

나는 몰입할 수 있는 사람이다. 단지 내 안에 내면의 문제들이 그것을 가로막고 있을 뿐이다. 어쩌면 당신도 나와 같을지 모른다. 만약 당신이 원하는 결과물이 안 나온다면, 때론 자기의 경험,

역량, 환경보다 내면을 한번 살펴봤으면 좋겠다. 그러면 일을 방해하는 진짜 문제를 그곳에서 발견할 수 있을 것이다.

10

반복되는 퇴사 후 남겨진 것들

내가 약 6년 동안 전전한 회사는 다섯 군데였다. 회사는 항상 나를 속박하는 환경이었고, 그곳 생활은 스트레스 그 자체였다. 계속해서 나타나는 프로젝트는 나를 괴롭혔다. 그때 '퇴사'란 말이 유행했는데, 나는 그 단어에 매료됐고 그것은 긍정적인 단어가 됐다. 이유는 하나였다. 월요일 아침에 일어나면 회사에 가기가 정말 싫었기 때문이다. 회사에 출근하는 건 돼지가 도살장에 끌려가는 것과 같다는 생각을 수차례 하곤 했다.

그런 나에게 특정 회사에 1~2년 머물렀다는 사실이 마음의 안정을 주곤 했다. 언제든 부담 없이 퇴사할 수 있는 상황이라고 생각했기 때문이다. 한 회사에 6~8개월 근무하다 나가면 경력으로 인정받기가 애매했다. 그런데 1~2년 머물렀다 떠나면 경력으로 인정받기 위한 최소한의 조건은 채웠다는 기분이 들었다. 그래서였을까. 입사 1년 차가 딱 지나면 마음이 편안해졌다.

마음에 평안이 찾아오면 나는 언제 그만두면 좋을지, 회사가 나에게 무엇을 더 해 줄 수 있을지 가끔 생각에 잠겼다. 상사의 리더십이 나를 더 성장시켜 줄지, 회사가 얼마나 성장할지 열심히 채점표에 점수를 매겼다. 채점 결과, 모든 회사의 점수는 낮았다. 회사마다 단점이 있었고, 나는 그것들이 유난히 싫었다.

그러다가 마침 다른 곳에서 좋은 제안이 들어오면, 나는 고민도 하지 않고 그 제안을 수락했다. 그리고 상사에게 통보하듯 회사를 관둔다고 말했다. 상사는 나를 설득하려 여러 제안과 회유를 했지만, 퇴사 후 한 달 정도 놀 수 있다는 생각은 그런 것들을 단칼에 잘랐다. 이런 식으로 옮겨 다닌 회사가 세 곳이나 되었다. 그 외에도 6개월씩 다닌 회사가 두 군데 정도 되었다. 아직 30대인 나이이기에 짧게는 6개월, 길게는 2년 정도 다녔다.

모든 퇴사는 가슴을 설레게 했다. 퇴사 이유가 이직이어도 상관없었다. 나는 모든 퇴사가 나만의 온전한 선택이라고 믿었다. 다니던 회사가 마음에 들지 않거나 새로운 회사가 눈에 띄면 이직을 했다. 퇴사하는 순간에는 모든 자유를 얻은 것 같아 가슴이 벅찼다.

그런데 몇 번의 이직을 하면서 마음속에 한 가지 의심이 움트기 시작했다. 내가 이 회사다 싫어서 찾은 곳은 이전 직장과 별 다를 바가 없었다. 이전 회사가 돈을 잘 못 버는 곳이었다면, 옮긴 데는 돈은 그럭저럭 버는데 리더십이 정말 형편없는 직장이었다.

어떤 회사는 다 괜찮았는데 나와 별로 맞지 않는 프로젝트들로 꽉 차 있는 듯한 느낌이었다. 더 나은 선택을 한다고 생각했는데, 그것이 정말 나를 더 좋은 곳으로 이끄는지 자신이 없어지기 시작했다. 그리고 나의 성장을 위해 주도적으로 실천한 이직이, 단지 다니고 있던 회사를 벗어나기 위한 회피성 퇴사가 아니었을까 하는 생각이 들기 시작했다.

다니던 회사는 싫어하는 것들이 자꾸 눈에 띄는 곳이고 새로운 회사는 미지의 것들이 가득한 탐험의 나라였다. 그렇기에 새로운 회사로 이직하는 행위는 내게 일종의 탐험이었다. 회피라는 의심을 하기 전까지는 말이다.

나는 다니고 있는 회사에 문제가 생겨 발생하는 모든 짜증의 원인을 회사에서 찾았다. 회사는 지옥은 아니어도 그 근처 어디쯤에 자리한 듯싶었다. 그런 생각은 나를 옥죄는 짜증, 두려움 등의 감정들이 죄다 회사의 구조적 차원에서 비롯된 것이라는 결론으로 이어지곤 했다. 그런데 회피라는 단어가 머릿속에 방문하는 횟수가 늘면서 '부정적인 생각과 감정이 모두 진짜 회사 때문에 생긴 걸까' 하는 의심이 고개를 들었다.

이 의심이 커져 가는 그때, 최근에 다니던 회사에서 이직할지 말지 고민을 하고 있던 나는 문득 깨달았다. 머릿속에 갑자기 경종이 울렸다. 나는 최근 몇 년간 이직에 대한 고민을 계속해서 똑같은 패턴으로 반복하고 있었던 것이다. 나는 이직을 통해 현재 환경을, 리셋 버튼을 누르듯 끊임없이 바꾸고 있었던 셈이다. 로또를 긁듯 리셋 버튼을 눌러 로또 1등 당첨금 같은 완벽한 회사를 찾았다. 꽝이 나오면 다시 리셋 버튼을 누르고 설사 당첨되더라도 1등이 아니면 맘에 들지 않아 다시 리셋 버튼을 눌렀다.

즉, 나는 주도적으로 선택하고 개척하는 게 아니었다. 그냥 지금 환경에서 문제가 발생하면, 이직이라는 수단을 통해 그저 회피만 했다. 채점표는 내가 회피하고 있다는 걸 스스로 속이기 위한 기만이었다.

나는 이직이라는 카드를 만지작거리면서 환경을 어떻게든 내 입맛에 맞게 바꾸려 했다. 하지만 애석하게도 다녔던 모든 회사가 내가 원하는 로또 1등 당첨금 같은 완벽한 곳은 아니었다. 리더십이 괜찮다면 동료와 마찰이 생겼고, 동료와 사이가 좋을 때면 리더십과 마찰이 일었다. 리더십이나 동료와의 관계가 좋을 때는 회사 자체의 운용 능력이 문제였다. 그리고 나는 그 문제들을 이직 신호로 받아들였다. 이직은 그 문제들을 해결하는 게 아니라 절묘하게 회피하기 위한 절대무기였기 때문이다. 진짜 문제는 이직하고 나서 찾아왔다. 나는 이직을 통해 리셋을 했는데, 나를 괴롭히는 전혀 다른 문제가 기다리고 있었다.

그렇다. 환경보다 더 중요했던 건 내게 주어진 환경을 얼마나 진지하게 대하고 있는지에 대한 나의 자세였다. 내가 어떤 환경에 있든 문제는 계속해서 나타난다. 이직을 하면 잠시나마 그 문제가 사라진다. 하지만 나는 또다시 다른 문제에 직면하게 된다. 내 인생에서 문제는 끝없이 나타난다는 사실을 깨달았다. 그러면 문제가 나타날 때마다 나는 또 이직을 할 것인가? 아니면, 진지하게 이 문제에 직면할 것인가? 이런 질문들이 내 안에 떠돌았다. 나는 문제를 직시한 적이 없었기에 업무 기술적으로는 성장했지만, 정신적으로는 미성숙한 상태로 남아 있었다. 그나마 이제라도 깨달아서 다행이었다. 회사에서 문제가 발생하는 건 필연이다. 나는 회피하는 습성을 극복할 때까지 당분간 모든 이직 가능성에서 눈을 돌리기로 했다. 일단 나의 정신적인 성장이 먼저였다.

환경이라는 건 상당 부분 운에 좌우된다고 생각했다. 내가 속한 환경에 내가 휘둘리는 이유가 내 인생이 그저 운에 맡겨지고, 내 행복과 불행도 환경이 굴린 주사위에 따라 좌우된다는 생각과 이어졌다. 그렇다면 만약에 내게 주어진 환경을 그대로 받아들이고 휘둘리지만 않는다면 나는 운을 거느린 환경의 영역에서 비교적 자유롭지 않을까 하는 생각이 들었다. 그리고 환경이 어느 정도 운에 따라 결정된다면, 그 운이 내게 끼치는 영향을 최소화하는 건 그것을 받아들이는 나의 태도에 달려 있다고 생각했다. 나의 영향력은 세상을 바꾸기에는 너무 미미하다. 거대한 삶의 물결 속에서 발버둥 칠 뿐이다. 그래도 내게는 내면의 상태만큼은 내가 결정할 수 있는 힘이 있다. 이것은 다른 환경으로부터 벗어나 회피나, 습관, 집착 따위가 사라진 나만의 선택과 이어진다.

당신의 아주 작은 힘, 그것이 회피 쪽으로 흐르지 않기를 바란다. 이직을 하지 말라는 이야기는 결단코 아니다. 해도 된다. 회피인지, 아니면 집착의 또 다른 형태인지 스스로에게 물어보면 좋겠다. 지금 하고 있는 이직에 대한 고민이 온전한 자신만의 선택이 되길 바란다. 이직의 가능성을 내려놓고 편안한 상태에서 떠올랐던 마음을 당신에게 보낸다.

지나고 보면 버릴 회사 하나도 없다. 모든 회사에서의 작은 경험들 하나하나 다 내 인생에서 가장 빛나던 순간들이었다.

11

존재하지 않는 감옥으로의 초대

하루 업무를 하다 보면, 우리는 이유 없이 망상에 빠지곤 한다. 그런 망상 중에 내가 생각해도 참 말도 안 되는 소설을 쓸 때도 있다. 그만 생각하고 일해야지, 생각하다가도 몇 분 뒤 그 소설은 다시 내 머릿속에 등장한다. 이 생각의 꼬리는 꼬리를 물며 이어지다 어느새 대하드라마가 된다.

아래 내용은 예전에 상사와 면담하기 전 그의 찡그린 표정을 보고 나서 내 머릿속에 떠오른 소설 중 하나이다.

상사가 오후 네 시에 면담하자고 했다. 딱히 이슈가 없어서, 처음에는 그냥 무슨 일이지 하는 생각이 들었다. 그런데 그날따라 상사의 표정이 별로였다. 그 순간 마음속이 콩닥콩닥하면서 어떤 일일지 예측을 하기 시작했다. 내가 갑자기 소설가로 변신한 건 그때였다. 내 머릿속에서는 상사가 일대일 미팅실에서 내게 소리를 지르고 있었다. 나는 폭언을 들으면서 그저 멍하니 상사를 바라보고 있었다. 이게 정말 망상인 이유는 상사는 1년간 같이 일하면서 단 한 번도 소리를 높여 이야기한 적이 없었기 때문이다. 내 머릿속의 소설은 나도 모르게 같이 소리 지르는 장면으로 넘어갔다. 목소리가 컸는지 지나가던 대표님이 회의실에 들어왔다. 그리고 내가 쓸모없다고 한마디 하고, 더 이상 우리와 함께하지 않았으면 좋겠다며 권고사직을 제안했다. 대표뿐만 아니라 주변 동료들도 눈과 입술을 가늘게 하고 의미심장한 미소를 지은 채 그저 나를 쳐다보고 있었다. 나는 분에 못 이겨 쓰레기 같은 회사라고 욕을 하며 나왔다.

내 머릿속에서 나는 커다란 거인이 돼 덤비기도 하고, 철저하게 순종하는 약자처럼 대응하기도 했다. 이런 생각들이 내내 머릿속을 떠돌아 일대일 면담을 하기 전까지 제대로 일을 하지 못했다. 상사와의 현실 속 실제 면담은 정말 별일 아니었다. 그냥 요즘 업무는 어떻게 진행하고 있는지 체크하는 정도였다. 내가 상사에게 오늘 표정이 안 좋던데 무슨 일 있느냐고 묻자, 상사는 요즘 몸이 좀 안 좋다는 말을 했다. 주말에 회를 먹었는데 살짝 배탈이 난 것 같다는 것이었다.

그렇다, 정말 별일 아니었다. 나는 일대일 면담을 기다리는 시간 동안 이미 회사를 나갔고 직장을 구하지 못한 백수 신세가 되어 있었다. 현실과는 너무 동떨어진 모습이었다. 그런데 백수가 되던 그 순간 느꼈던 아찔함이 계속해서 머릿속에 맴돌았다. 가슴이 답답했다. 일도 손에 잡히지 않았다. 급기야 다음 날 이른 오후까지 빈속으로 아무것도 못한 채 계속 망상에 빠져 지냈다.

그날 한 가지 사실을 깨달았다. 나의 하루가 머릿속 생각 때문에 망가질 수도 있다는 것. 나는 이것을 '생각의 감옥'이라 부르기로 했다. 그리고 이건 문제로 인식됐다. 나는 뭔가에 대해 생각할수록 현실로부터 점점 멀어졌다. 현실이 지상이고, 망상이 지하라면 처음에는 지하 1층 감옥에 있다가 시간이 흐를수록 지하 2층, 3층으로, 점점 더 심연으로 빠져들었다. 이런 시나리오를 머릿속에 그대로 붙잡고 있으면 현실과 더 멀어졌다. 일반적인 시나리오는 대개 서사가 진행될수록 점점 더 파격적(?)으로 흐른다. 내가 생각했던 첫 상황에는 그나마 핍진성이 있었다. 그런데 그 뒤로 진행될수록 현실성과 개연성 너머의 기묘한 상황이 나타났다. 게다가 망상으로 끝나지 않고 현실까지 이어져 감정에 영향을 미쳤다. 어떤 때는 심지어 꽤 오랜 시간 내 머릿속을 계속 맴돌기도 했다.

회사 생활이 즐겁고 좋을 때는 이런 시나리오가 해피엔딩으로 끝나기도 한다. 문제는 일이 잘 풀리지 않을 때다. 내가 무언가 잘못하고 있다고 느낄 때 갑자기 머릿속에서 비극이 떠오른다. 결과물을 누구와도 공유조차 하지 않았는데 이미 나는 머릿속에서 모든 고객사로부터 비난받는 모습을 떠올린다. 그리고 곧, 부정적인 감정들이 들끓는다. 때론 고객사를 향해 욕을 하는 내 모습이 머릿속에 떠오르는데, 그게 상상이라는 것을 아는데도 이미 화가 나 있다. 이상하게 머릿속 시나리오 속에서 나는 주인공이 돼 최대한 감정을 끌어올려 내 안에 쌓인 울분을 토해 내고 있다.

혹시 당신도 그런가? 일이 잘 풀리지 않거나, 무언가 갑갑한 상황이 있을 때 머릿속에서 다양한 시나리오가 그려지는. 그리고 그것 때문에 무언가를 하기가 망설여지는. 예를 들어, 상사에게 진행 중인 업무에 대해 피드백을 받아야 하는데, 한 시간만 이따 받자, 내일 받자 하다가 시간이 훌쩍 지나간다. 상사 피드백이라는 단어가 떠오르자, 혼날 것 같은 두려움이 마음에 들어선다. 그 두려움은 상사에게 말을 거는 걸 방해한다. 순간 회피하는 내 모습을 발견한다.

내 머릿속의 비극 소설은 나에게 좋은 영향을 미치는 것 같지는 않다. 가끔 일을 하는 데 도움이 될 때도 있긴 하다. 비극 소설이 현실이 될까 봐 관련 업무를 더 꼼꼼하게 챙기는 경우다. 약간의 강박증일 수도 있지만 정말 디테일하게 챙겼다. 이 강박은 무언가를 꾸준히 하게 만드는 일을 방해했다. 일을 할 때마다 지치는 것도 이런 생각들 때문이었다. 내 머릿속에서 도대체 무슨 일이 벌어지고 있는 걸까? 문제는 이런 소설이 시도 때도 없이 마구 내 머릿속을 헤집는다는 것이었다. 이런 상황과 수차례 싸우기도 했지만 다시 또 머릿속에서는 비극 소설의 새로운 주인공을 내보냈다.

존재하지 않는 부정적인 시나리오의 기원은 내 안의 두려움과 불안이다.

'이게 잘못되면 어떡하지?'

내 안의 불안한 질문은 끊임없이 나를 갉아먹고 신경과민의 주인공으로 만든다.

중요한 건 머릿속의 내가 현실이 아니란 걸 최대한 빠르게 깨닫는 일이다. 우리는 현실 속에 계속 머물러야 한다. 현실? 나쁘지 않다. 단지 우리가 만든 두려움과 불안감이 현실을 위험한 시공간으로 만들 뿐이다.

당신은 현실을 살아가는 존재다. 당신의 육체 너머 이상한 시공간은 그저 생각의 감옥일 뿐이다. 현실에서 성실하고 착하게 살아가는 당신이 그곳에서 시간을 허비하지 않았으면 좋겠다.

12

불안에 대처하는 아주 사소한 팁

2020년 코로나19가 본격적으로 시작되었고, 경제가 변했다. 우리 회사 분위기도 갑자기 달라졌다. 사내에 코로나 바이러스 TFT가 생겼다. 나는 처음으로 재택근무를 경험했다. 그리고 직원 중 의심 환자가 나와 갑작스럽게 자가 격리를 하기도 했다.

지난달 승인한 연간 예산 계획이 수정되었다. 추가 채용 계획 인원이 반절로 줄어들고, 마케팅과 업무 비용이 50% 이상 삭감되었다. 주요 내부 미팅마다 긴급, 비상, 위기의식, 코로나 예방이란 단어들이 언급되었다. 예정돼 있던 매출 계약 건들이 기약 없이 미루어졌다. 고객사에서 잠시 연기한다고 통보했지만, 언제 계약이 체결되고 입금될지 불확실해졌다.

나는 회사의 재무, 사업, 경영 온도가 차갑게 식어 가고 있다는 것을 하루에도 몇 번이나 실감했다. 회사와 세상이 긴밀하게 연결돼 있다는 것이 몸으로 느껴졌다.

자연스레 불안한 감정이 떠올랐다.

'우리 회사는 괜찮을까? 월급이 어느 날 갑자기 끊기면 어떡하지?'

우리 회사는 괜찮을 거라고 생각했지만 언론 기사는 내 생각을 비웃는 듯했다. 언론에서는 올 상반기 제대로 대처하지 못하면 하반기 즈음 국내에 살아남을 회사는 없다는 식으로 미래의 부정적인 경제를 전망했다. 들리지 않는 매출과 계약 소식들로 나는 점점 더 불안해졌다.

『팩트풀니스』에서는 공포 본능으로 인하여, 올바른 결정을 못하게 된다고 했다. 두려우면 시야가 더 좁아지고, 평소라면 판단하고 이해할 수 있는 상황도 잘 못하게 된다. 나의 경우 최근 업무 생산성이 낮아졌다. 제안서를 작성하는 데 평소보다 두 배 더 많은 시간이 걸렸다. 나는 제안서를 쓰다가도 어느 순간 포털 사이트에서 코로나, 확진자 수, 마스크, 집단 감염, 이런 단어들을 검색하고 있었다. 일일 확진자 숫자에 나도 모르게 민감해졌다. 평소라면 잘 보지 않는 기사에 달린 댓글들도 읽었다. 정부에 대한 평가, 누군가를 향한 지나친 비난과 칭찬으로 가득한 댓글들에 나도 모르게 빠져들었다. 나는 불안감에 젖어 세상의 움직임 하나하나에 촉각을 곤두세우고 반응했다. 확진자 숫자가 전날보다 줄어들면 안도하고, 늘어나면 나도 모르게 불안해했다. 그런 날들이 계속 이어졌다.

두려움의 원인은 일어나지 않을 일에 대한 걱정과 변화에 대한 불확실성에서 비롯된다. 코로나19, 경제 불황으로 나를 둘러싼 환경이 어떻게 변할지 모르기 때문이다.

갑자기 실직되지는 않을까? 이러다가 잘리는 거 아니야? 코로나 바이러스가 더 퍼져서 전 세계 경제가 몰락하면 어쩌지? 내가 확진자가 되면 온라인에서 마녀사냥을 당하지 않을까?

불안감이 엄습할 때일수록 현실을 분명히 직시해야 한다. 내가 통제할 수 없는 사건을 구분해야 한다. 코로나19로 경제가 안 좋은 방향으로 흘러가는 일은 개인의 힘으로 통제할 수 없다. '그때 이렇게 했다면' 하는 후회 섞인 가정도 무의미하다. 확진자 수를 비롯해 각종 경제 지표들도 내가 통제할 수 있는 게 아니다. 통제하지 못한다는 걸 그저 인정해야만 한다. 그렇다면 우리는 코로나19에 무력하다는 걸 받아들이고 할 수 있는 것들을 떠올려야 한다.

나에게 주어진 업무들에 우선 집중할 수 있다. 나보다 더 어려움을 겪고 있는 사람들을 위한 작은 기부를 실천할 수도 있다. 주변 힘든 사람들에게 응원의 메시지를 보낼 수도 있다. 한편, 이 상황을 바라보는 내 관점을 스스로 결정할 수도 있다. 긍정적으로 바라볼지, 아니면 부정적으로 바라볼지 말이다. 적어도 이런 것은 내가 선택할 수 있다. 분명한 사실은 내 자신과 동료에게 긍정적인 영향을 줄 수 있는 여지가 아직 내겐 남아 있다는 것이다. 혼자

힘으로 불안감을 다루기 어렵다면 전문가들에게 도움을 받자. 근로 복지넷이나 명상 앱, 상담 앱, 집 주변 상담소 등은 불안감을 떨치는 데 많은 도움을 줄 것이다.

두려워하지 말자는 것이 코로나19와 경제 상황에 경각심을 갖지 말자는 이야기는 아니다. 현실은 직시하되, 불안감과 두려움을 경계해야 한다. 1998년 IMF, 2008년 리먼브라더스 사태 모두 최악의 환경이었다. 그때 당시 사람들을 정말 힘들게 했던 건 공포와 불안이었다. 그 안에서 언론은 위기가 계속될 거라 이야기했고, 모두들 언제 빛이 보일지 모르는 터널에 갇혔다. 하지만 모두 끝이 있었다. 지금 이 상황도 마찬가지다. 끝나지 않을 것 같은 상황은 있지만, 진짜 끝이 없는 상황은 없다. 끝은 분명 온다.

그러니 당신은 오늘 하루도, 그 자리에서, 어제처럼 삶을 가꾸며, 다가오는 끝을 기다리면 된다.

13

의미를 낳는 사소한 몸짓들

'딱 2년만 다니고 사회적 기업으로 돌아가야지.'

2년간 고군분투했던 사회적 기업을 퇴사할 때 들었던 생각이다. 내가 다닌 사회적 기업은 가치적인 면에서 훌륭했다. 하지만 사업적 측면에서 지속 가능성이 낮았다. 사업 모델이 명확하지 않아 매출이 거의 바닥에 끌릴 정도였다. 매출도 없고, 지원금을 받을 길도 열리지 않아 언제 망할지 모른다는 두려움과 함께 2년을 버텼다. 나는 사업 개발에 대한 능력을 기르고 싶었다. 그래서 스타트업 엑셀러레이터로 이직했다.

나에게 '사회적 가치'라는 단어는 인생의 키워드다. 학부 시절 기업의 긍정적인 사회적 영향과 가치에 영감을 받아 기업의 사회적 책임에 대한 공부를 하며 석사 과정을 밟았다. 그런 나에게는 사회적 가치 창출을 목적으로 하는 기업, 사회적 기업, 비영리기관에서의 일만이 의미로 다가왔다.

퇴사 후 영리 영역에서 잠시 사업에 대해 배우고 2년 후 사회적 기업에 복귀하기로 마음먹으면서 다짐했다.

'언젠가 멋진 사회적 기업으로 다시 돌아가 임팩트를 창출하는 업무를 해야지.'

스타트업에서 투자와 매출에 대해 고민할 때마다 생각했다. '역시 이런 세속적(?)인 걸 추구하는 것보다는 사회적 가치도 같이 창출하면서 매출을 올리는 게 더 의미 있을 텐데….' 'Why가 약하잖아. 이러면 동기부여가 제대로 되지 않을 것 같은데….' 아쉬움이 짙게 밴 말줄임표로 끝나는 독백들 틈에서 일의 의미라는 개념에 대해 생각했다.

"일의 의미란 어떤 행위를 함으로써 나온 결과를 가치 있게 여기기 때문에 그 행위를 할 때 발생한다. 어떤 일을 좋아할 수도 아닐 수도 있지만, 그 일을 함으로써 발생하는 영향력을 중요하게 여긴다. 내가 하는 일이 사회에 의미 있다고 생각했을 때, 영향력이 있을 때 우리는 더 높은 수준의 동기부여를 받게 된다."

– 닐 도쉬·린지 맥그리거, 『무엇이 성과를 이끄는가』

그렇게 생각하던 어느 날 회사 단체 챗이 반응했다.

'잘 챙겨 주셔서 감사합니다. 덕분에 회사 생활에 어려움이 있을 때마다 도움이 많이 되었어요. 그동안 정말 고마웠습니다.'

퇴사하는 직원으로부터 메시지 한 개가 도착했다. 인사 총괄을 하는 업무 중 신경이 쓰여 면담을 자주 했던 동료 직원이었다. 내용은 사실 퇴사하거나, 우연찮게 도움을 준 동료로부터 받는 의례적인 인사였다. 그런데 그날따라 의미가 다르게 다가왔다.

사회적 기업에서 가치를 창출하는 업무를 한다는 건 정말 멋진 일이다. 하지만 당시 그건 몇 년 뒤 나에게 벌어질 미래의 불확실한 일이었다. 나는 그때 회사를 다니고 있었다. 현재의 회사에 의미를 부여하지 못하고 불확정적인 미래의 사회적 기업에서 실체가 없는 의미를 짜내는 게 과연 맞을까 하는 회의가 들었다. 그리고 정말 내가 하는 일이 아무런 의미가 없을까, 의미가 없다면 여기 직원들을 도와주고 감사의 인사를 나누는 메시지들은 무엇일까 하는 질문으로 이어졌다.

내가 발견한 건 사회적 기업에서 하고 있는 지속 가능한 환경에 기여하는 일, 취약 계층의 자원을 연계하는 일 등 정말 사회적 가치를 창출하는 그런 거창하고 분명한 일만 의미가 있는 건 아니라는 사실이었다. 나중에 사회적 기업으로 옮기든 아니면 그곳에 남든, 내가 순간순간 겪고 있는 일들의 의미를 무시하고 있다는 점은 부인할 수 없었다.

내가 지금 하고 있는 일 자체가 의미 있는 행위였다. 이 세상에 있는 거의 모든 업무는 누군가에게 도움이 된다. 예를 들어, 내가 했던 일들 중 하나인 인사 업무는 어떻게 보면 잡다한 반복 노동으로 가득 차 있었다. 하지만 내가 어떤 동료를 채용하고, 평가를 설계하고, 어떤 영향력을 발휘함에 따라 직원의 회사에 대한 만족도가 달라졌다. 내 영향이 어느 정도인지는 모르겠지만, 조금이라도 도움이 되는 건 확실했다. 그렇게 나는 회사라는 공동체에서 영향력 등을 행사했다. 사이가 별로 좋지 않았던 동료와도 내가 어떻게 하는가에 따라 관계가 달라지곤 했다.

당장 기부를 떠올려 볼 수 있다. 내가 현재 회사에서 열심히 일하고 받는 급여의 일부를 가치 있는 곳으로 흘려보내는 것은 분명 의미가 있다. 이러면 내가 하고 있는 일들에 더 깊은 의미가 더해진다.

그리고 내가 일반 회사에서 쌓은 경험을 기반으로 다양한 사회적 가치를 창출하는 사이드 프로젝트를 할 수도 있다. 내 경험이 사회적 기업과 영리 기업 중 고민하고 있는 후배들에게 소중한 정보가 될 수 있다. 그걸 콘텐츠로 만들어 제공한다면 누군가에게 도움이 될 것이다. 또한, 비영리 기업에서 인력이 부족할 경우 내가 한 작업이 봉사나 기부의 형태로 도움이 될 수도 있다. 회계, 법률, 개발 등 내가 갈고 닦은 재능과 경험은 비영리 기관이 필요로 하는 것일지도 모른다.

그 외에도 회사에는 당신이 깨닫지 못한 소소한 의미들이 숨겨져 있다. 그냥 아침에 밝게 인사하기만 해도 주변에 긍정 에너지를 줄 수도 있을 것이고, 힘든 상황에 빠진 동료를 위로할 수도 있다. 좋은 일이 생긴 동료에게 진심 어린 축하를 건네는 것만으로도 공동체에 기여하고 있는 셈이다. 회사 또한 작은 사회인지라 당신이 하는 일들이 긍정적인 영향력을 미치고 있는 게 분명하다.

꼭 좋은 회사, 사회적 가치를 창출하는 회사, 세상에 큰 영향을 미치는 회사가 아니어도 괜찮다. 당신이 미처 발견하지 못한 의미들은 항상 거기 있었다. 그냥 무지해서, 게을러서 하지 않은 것일 뿐이다. 작은 것도 괜찮다. 소소한 것도 괜찮다. 누구나 다 의미 있는 일을 하고 있고, 본인만 원한다면 지금보다 더 많이 할 수 있다. 사회적 기업이 아니어도, 임팩트 비즈니스가 아니어도 당신은 할 수 있다.

결국, 그 후 나는 사회적 기업이 아닌 기술 스타트업으로 다시 이직했다. 사회적 기업을 떠난 지 벌써 5년이 되었다. 지금은 돌아간다는 생각보다 현재 나의 영역과 위치에서 어떻게 하면 사회적 가치를 창출할 수 있을지 고민하고 있다. 굳이 사회적 기업에 속해 있지 않아도 임팩트를 줄 수 있는 무궁무진한 세상이 이미 열려 있었고, 나는 그 기회들을 통해 글을 쓰고, 사이드로 다양한 프로젝트를 하면서 살고 있다. 이게 모두에게 정답은 아니겠지만 지금 내게 주어진 길은 현재 방식이 제일 적합해 보인다. 그리고 나의 임팩트를 위한 고민은 계속 이어질 것 같다.

14

책임이라는 감독관의 실체

"이거, 네 책임이잖아! 어떻게 책임질 거야?"

회사 생활을 하다 보면 '책임'이라는 단어가 귓가에 스치기만 해도 압박감을 느낀다. 마치 누군가 어깨를 누른 듯 무지근한 기분에 사로잡힌다. 반대로, '이거 담당자 누구야? 누가 책임질 거야?'라는 말이 들리고 책임의 당사자가 내가 아니란 게 분명한 경우 저도 모르게 안도의 한숨을 흘린다. 책임은 가끔 원더우먼의 오랏줄이 되어 우리를 옥죄곤 한다. 우리는 도대체 왜, 책임이라는 단어를 무겁게 받아들이는 걸까?

회사에 입사할 때부터 할당된 업무에 대한 책임, 사람에 대한 책임이 나에게 부여된다. 우리가 회사를 처음 선택한 순간부터 나와 연관되는 모든 것들에 대한 책임이 생긴다고 볼 수도 있다. 우리의 책임 범위는 직위나 역할과 상관없이 사내 대부분의 영역에 걸쳐 있다.

책임은 회사 생활 내내 우리를 따라다닌다. 잠시 잊고 지내다가도, '야 이거 누구 책임이야?' 하는 한마디에 바로 휩쓸려 들어가 압박감을 느끼게 된다. 결국 우리는 책임을 피해 갈 수 없다.

그런데, 분명히 말해 두고 싶다. 책임을 다한다는 생각 때문에 거기에 따른 압박을 무조건 느낄 필요는 없다. 나는 책임이라는 단어가 허구적 개념이라고 생각한다. 압박이라는 의미가 부여되고, 실제보다 우리를 더 무겁게 짓누르게 만들기 때문이다. 마치 책임감 강한 행동을 하지 않으면 자신이 정말 이상한 사람이 되는 것만 같고, 죽어라 노력했는데 책임을 다하지 못했다는 생각이 들어 죄책감과 자괴감이 드는 현상은 책임에 의미가 부여된 경우다.

한번 생각해 보자. 회사에서 책임을 질 경우는 매우 제한적일 수밖에 없다. 회사를 관두거나, 잘못을 인정하는 정도다. 아니면 연봉이 남들보다 덜 오르거나, 승진이 늦거나 하는 종류의 일이 일어날 수도 있다. 그런데 이런 경우도 자주 있는 일은 아니다. 책임이란 단어 자체는 아무것도 아닌데, 우리가 거기에 두려움, 압박감 이런 의미들을 자꾸 부여하다 보니 더 크게 다가오는 것이다.

일을 할 때 최선을 다해 열심히 하는 태도는 무척 바람직하다. 그런데 그러기 위해서는 그것과 동시에 책임이 주는 압박감으로부터 우리를 지키는 일도 병행해야 한다. 책임이라는 건 우리가 좀 더 열심히 일하기 위해 그 상황을 주도하는, 그런 마음가짐의 일부일 뿐이다. 내가 선택했으니까 그에 따른 결과도 당연히 내가 떠안겠다는 마음가짐일 뿐이다.

어느 순간 책임이라는 단어는 갑자기 괴물로 변해 우리를 짓눌러 버린다. 책임은 책임이고 나는 나인데, 마치 책임에 따라 내가 이리저리 흔들리는 상황들이 부지불식간에 벌어진다. 나보다 책임이 우선시되는 상황들이 벌어지는 것이다. 하지만 내가 있기에 책임을 지는 것이고, 나로 인해 책임 또한 존재하는 것이다. 그런데 엉뚱하게도 반대 상황이 벌어진다. 우리는 책임이 먼저고, 거기에 자신이 매여 있다고 생각해 버린다. 무언가 하려고만 하면, '그래, 내가 책임져야지' 하는 생각으로 자신을 자꾸 속박해 버린다. 그뿐만 아니라 책임을 다른 사람에게 돌릴 경우, 즉각적으로 자신을 비겁한 사람으로 만들어 버리기도 한다.

책임은 '개념'에 불과하고, 나는 현실 속 '존재'다. 이 둘은 다른 차원의 이야기다. 정확히 말하면, 내가 책임이라는 개념을 생각하고 판단하는 것이지, 그것이 내 우위에 있어서 나를 흔든다는 건 모순이다.

그렇다고 무조건 일관되게 책임을 회피하라는 말은 아니다. 단지 책임과 나 자신은 별개라는 이야기다. 오히려 책임에 특별한 의미를 부여하지 않으면, 우리는 책임을 더 기꺼이 감수할지도 모른다. 마땅히 져야 하는 책임을 회피하는 이유는 두려움 때문이다. 계속해서 부정적인 의미들을 부여하고, 자신을 짓누르니까 책임으로부터 도망치고 싶은 마음이 드는 것이다.

책임에 특별한 의미를 부여하지 말고, 내게 주어진 것을 기꺼이 받아들이자. 책임을 회피하다 보면 언젠가 도망칠 곳이 없어진다. 한두 번은 어찌어찌 피해 갈 수 있을지도 모른다. 하지만 인간으로서 살아가는 동안 모든 책임의 눈에 띄지 않을 가능성은 없다. 우리의 선택 하나하나가 미치는 영향력의 범위는 정말 넓다. 피하려야 피할 수 없다. 책임을 압박이라고 생각하지 말고, 굳이 거기에 의미도 부여하지 말자. 그냥 개념 중 하나일 뿐이다.

책임은 책임이고, 나는 나다. 단지 그뿐이다.

당신이 개념과 실제를 구분해 산다면 마음이 한결 가벼워질지도 모른다. 실생활에서 개념과 관념의 무게에 눌려 살고 있는 건 아닌지 생각해 보자. 그것들에 의미 부여를 하는 대신 당장 눈앞에 놓인 구체적인 일을 하나하나 실행하자. 그러면 좀 더 효율적으로 업무를 처리할 수 있고 쓸데없는 마음고생을 줄일 수 있을지도 모른다.

당신이 눈에 보이지 않는 것들로부터 한결 자유로워졌으면 좋겠다.

3 단계

관계 속 거리두기

1

거미줄 같은 인간관계의 그림자

내 역할은 중간 관리자다. 애매한 위치였다. 누군가에게는 상사였고, 누군가에게는 부하 직원이었다. 업무야 경험도 쌓고 하면서 늘었지만, 사람들과의 관계는 항상 힘들었다.

힘든 정도는 사람들의 성향에 따라 달랐다. 권위적이고 공격적인 말투의 상사는 무서운 사자 같아서, 앞에만 서면 주눅이 들곤 했다. 그 상사가 하는 말에 반대 의견을 꺼내기는 무척 어려웠다. 그럴 때면 상사에게 복종하는 것 같아 굴욕감이 들곤 했다.

부하 직원과의 관계도 순탄하지 않았다. 부하 직원이 업무를 제대로 진행하지 못할 때마다 항상 답답했다. 그러다가 무심코 "이거 내가 하면 한두 시간에 할 수 있는데, 왜 2~3일이나 걸리는 거야"라고 말해 큰 상처를 주었다. 아차 하고 사과를 하긴 했지만, 이미 말은 내뱉어진 뒤였다. 그 직원은 무시하는 듯한 말에 많이 속상했을지도 모른다.

어떤 직원은 나를 정말 잘 따랐다. 하지만 지금 생각해 보면 집착에 가까울 정도로 내게 의존했던 것 같다. 본인이 충분히 의사 결정할 수 있는 사항임에도 일일이 내게 물어보고 진행했다. 그럴 때마다 매번 이건 직접 결정하고 진행해야 하는 일이라고 말해도 달라지는 게 없었다. 그리고 나의 한마디 한마디에 정말 예민하게 반응했다. 마치 내 입에서 발음되는 것들로 회사의 운명이 결정되는 것처럼 행동하곤 했다.

처음에는 상대방의 직급에 따라 문제가 다 다르다고 생각했다. 그런데 곰곰이 생각해 보니 공통적으로 적용되는 문제는 하나였다. 바로, '동등한 관계'였다. 그들과 나 사이에 문제가 생긴 이유는 내가 상사 또는 부하 직원과 동등한 관계를 맺지 못했기 때문이었다. 내가 상대방을 나보다 더 낫고 우월하다고 생각하거나, 아니면 무시하고 깔보기 때문에 관계에 문제가 발생했던 것이다. 동등한 관계란 연봉, 직위, 권한 등 특정 기준을 정해 두지 않고, 서로 높고 낮음을 나누지 않는다는 것을 의미한다. 같은 회사에서 일하는 동료니까, 하나의 인간으로서 동등하다는 뜻이다.

관계의 동등함을 말하면, '회사에는 엄연히 직위 체계가 있고, 권한이 다른데 어떻게 동등할 수 있지'라고 반문할 수 있다. 관계가 수평하다는 건 의사 결정 권한이 같다는 것과는 다르다. 의사 결정 권한은 역할 구분에 대한 주제이다. 최종 의사 결정을 하는 사람은 해당 업무 범위 내에서 마지막 단계에 선택하는 역할을 맡는다. 다른 사람들은 그가 좋은 의사 결정을 할 수 있도록 맡은 역할을 수행한다. 각자 자기만의 역할이 있을 뿐이다. 제안서를 작성하는 역할, 제본하는 역할 등등.

혹자는 '연봉이 다르고, 직위가 다른데?' 하고 물을 수도 있다. 그러면 연봉을 많이 받는 사람이 낮게 받는 사람보다 더 우위에 있는 걸까? 회사는 저마다 비즈니스 모델이 있다. 그리고 현 시대상에서 수요와 공급의 법칙에 강하게 영향을 받는다. 그 안에서 어떤 역할은 회사 경쟁력을 가늠하는 중요한 요소가 된다. 단순히 회사와 시장 논리에 따라 연봉이 달라지는 것이다.

의사의 평균 연봉은 1억이다. NBA 농구 선수의 평균 연봉은 50억이다. 사람을 살리는 의사의 가치가 NBA 농구 선수보다 낮다고 우리가 이야기할 수 있을까? 연봉은 그저 시장 논리로 산출된 그 안에서의 가격표일 뿐이다. 그 이상도 그 이하도 아니다.

동등하지 못하게 되면 우리는 좋은 관계를 맺기가 어렵다. 왜냐하면 그 사람을 있는 그대로 보기가 어렵기 때문이다. 우리가 특정한 렌즈를 끼고 누군가를 판단할 때 동등하지 못한 관계가 맺어진다. 예를 들어, 우리가 사람을 판단할 때 그 사람의 직위와 권한에만 집중한다고 가정해 보자. 그럼 우리는 그 사람의 본모습이 아니라, 그가 몸담고 있는 조직, 즉 세상에 존재하는 인간으로서가 아니라 한 집단에 소속된 직장인으로서의 위치만 염두에 둔 채 생각한다. 그 사람의 가치관이나 도덕성, 감수성, 미적 감각 등은 눈에 들어오지 않게 된다. 그리고 직위가 나보다 높으면 더 우월한 사람이라고 생각한다.

반대로 직위가 낮다면 자연스럽게 무시하고 깔보게 된다. 그리고 한 번 형성된 관점으로 그 사람이 어떤 행동을 하든 일단 저평가할 가능성이 높다. 결국 어떻게 되었든 우리는 그 사람을 제대로 보지 못하게 된다. 그리고 이게 우리가 건강한 관계를 맺기 어려운 이유가 된다. 상대방을 제대로 이해하지도 못하는데 어떻게 의미 있는 관계를 쌓을 수 있을까?

길을 가다 보면 나뭇잎들이 보인다. 나뭇가지에는 수많은 나뭇잎들이 붙어 있다. 그 하나하나는 크기도 다르고, 색깔도 조금씩 다르다. 어떤 나뭇잎은 햇빛과 제일 맞닿아 있는 곳에 있고, 어떤 나뭇잎은 바닥에 떨어져 있다. 그러나 우리가 보기에 모두 다 같은 나뭇잎들이다.

우리도 이와 같이 각자 개성이 다를 수 있다. 직위, 역할, 연봉, 인사 평가 결과는 직원 저마다 다르다. 그러나 우리는 동등한 인간들이다. 한 그루의 나무에 다양한 나뭇잎이 있는 것과 같이 말이다.

사람을 있는 그대로 보려면 그 사람을 둘러싼 겉 부분을 제거하고 보아야 한다. 그리고 우리가 동등한 존재임을 깨달아야 한다. 카리스마, 소유한 재산, 사회적인 성공 등, 이런 부분 때문에 헷갈리면 안 된다. 그저 이 커다란 지구에 살고 있는 한 명의 존재일 뿐이다. 이 사실을 깨달아야 제대로 보이고, 건강한 관계 맺기를 시작할 수 있다.

회사를 구성하는 한 명의 소중한 구성원으로서 상대를 이해하고 존중하며 서로 간의 연결성을 한번 느껴 보면 어떨까?

직장 생활에서 건강한 관계를 위한 제1원칙은, 상대방과 나라는 존재의 동등함을 아는 것이다.

혹시 오늘 상사, 부하 직원, 그리고 동료와의 관계에 문제가 있다는 생각이 들면 스스로에게 한번 물어보자.

우리의 관계는 동등할까?

나는 상대방을 제대로 보고 있는가?

나는 은연중에 상대방을 나보다 우월하다거나, 나보다 못하다고 생각하고 있지는 않은가?

당신은 분명 조화롭고 행복한 삶을 꿈꿀 것이다. 동등한 관계에 대해 생각해 보고 실천한다면 좀 더 일찍 그런 삶이 찾아올지도 모른다. 부디 꿈꾸는 대로 이룰 수 있길 바란다.

2

상사와의 건강한 관계

동등함은 '상대방을 나와 같은 사람이라고 인식하는 것'을 말한다. 우리는 대개 자신도 모르는 사이에 권위, 직위, 재산, 외모, 카리스마 등 어떤 기준을 갖고 상대방을 평가하곤 한다. 동등함은 이렇게 상대방을 나보다 높게 평가하거나 낮게 평가하는 게 아니라 나와 동등한 인간이라고 생각하는 것이다. 이런 관점을 통해 사람을 존재 그 자체로 바라볼 수 있게 되기 때문에 건강한 관계 형성에 꼭 필요하다.

그런데 폭력적인 상사와 동등한 관계를 형성할 수 있을까? 폭력적인 상사와 순종적인 부하 직원이 있었다. 부하 직원 입장에서 이 상사는 유난히 상대하기가 어려웠다.

"야, 내가 그렇게 하지 좀 말랬잖아. 너 뭐야?"

"너 이러면 내가 인사고과 최하점 줄 줄 알아?"

"언제까지 이러고 살래? 정신 좀 똑바로 차리지 못해. 나 때는 말이야, 제안서를 다 씹어 먹었어."

상사는 툭하면 인사 평가 건으로 협박하고, 작은 실수도 용납하지 않았다. 그저 혼냈다. 부하 직원은 특유의 공격적인 분위기 때문에 상사를 대하는 게 쉽지 않았다.

순종적인 부하 직원은 "넵, 알겠습니다"란 말만 반복했다. 반대하고 싶은 의견이 많았지만 그러지 못했다. 혼나는 게 납득이 가지 않는 상황도 많았다. 상사가 시키는 대로 했는데 결과가 좋지 못한 경우였다. 상사는 "야, 네가 좀 잘하지 그랬어? 결과가 이게 뭐야?" 이런 식이었다. 부하 직원은 상사 말에 반박하기가 무서워서 "죄송합니다. 앞으로 더 잘해 보겠습니다"라고 답변할 수밖에 없었다. 그래야 뒤탈이 없었다.

원래 부하 직원은 적극적으로 의견을 내고 주도적으로 일하는 걸 좋아하는 성향이었다. 하지만 이 상사가 시키는 대로만 일했다. 그래야 덜 혼났다. 그러나 상사는 똑같이 혼냈다.

"왜 생각 없이 일하냐?"

"너도 상사가 될 텐데, 이렇게 수동적인 자세로 일일이 다 물어보면서 하면 나중에 어떻게 하려고 그러냐?"

상사와 부하 직원, 둘의 관계는 동등하지 않다. 부하 직원 입장에서 상사는 마치 한 마리의 사자 같은 존재였다. 상사는 회사에서 무소불위의 권력을 갖고 있었다. 부하 직원은 자신이 할 수 있는 건 많지 않다고 생각했다. 그저 시키는 대로 하고 눈밖에 안 나도록 조심스럽게 행동하는 게 할 수 있는 전부라고 판단했다.

상사가 갖고 있는 권위와 무서움에 그저 복종했다. 그러면서도 동시에 굴욕감이 들었다.

부하 직원 입장에서 이 상사는 동등한 사람이 아니었다. 상사가 지닌 영향력, 공격적인 성향은 부하 직원이 동등한 관계를 맺지 못하게 만들었다.

그렇다. 내가 이 부하 직원이다. 이것은 나의 이야기다.

내가 이 상사를 동등하게 바라보게 된 계기가 있었다. 어느 날 나는 상사에 대한 전혀 다른 평가를 들었다.

"그 상사는 내면이 매우 약한 사람일 가능성이 높아요. 자기 본모습이 약하기 때문에 겉으로 더 강하게 행동하는 것 같아요. 상대방이 툭 던진 말에 남들보다 더 상처받고, 괴로워한다고 하더라고요. 속마음을 이야기할 때 그렇게 신세 한탄을 많이 한대요. 자기가 원해서 상사가 된 것도 아닌데, 자기 자리가 괴롭다고 말이에요. 누가 자기 험담할까 봐, 욕할까 봐 두렵대요. 자신의 이런 모습을 감추기 위해 더 공격적으로 말하고, 소리 지르고, 부하 직원들을 깎아내리는 것 같아요. 사람이 공포감이 생기면 뒤에서 욕하는 것조차도 잘 못하잖아요."

그 얘기를 들었을 때 '어쩌면 내가 필요 이상으로 그 상사를 두려워하고 있는 건 아닐까' 하는 의심이 싹텄다. 그리고 상사와 이야기할 때 스며드는 두려움을 누르기 위해 노력하기 시작했다. 감정을 조절하는 법을 배우고, 그것을 적용하려 시도했다. 두려운 감정이 일면 '지금 내가 두려움을 느끼고 있구나'라고 인지하는 기술이었다. 그리고 스스로에게 물어보면 된다.

'이게 지금 내가 두려움을 느낄 상황인가?'

나는 뭔가 이상한 상황을 발견했다. 그 상사에게 스치듯 인사만 할 때도 불안한 감정이 생기는 것이었다. 그런 감정들 때문에 상사가 더 커 보였다. 그 사실을 알고 나서 상사를 볼 때마다 마음속으로 나 자신에게 말했다.

저 사람은 사자가 아니라 그냥 인간이다. 그냥 거칠게 말하는 사람, 회사에서 결정 권한을 쥔 사람, 겉은 강하나 속은 약한 사람. '인간 그리고 사람.'

나의 행동이 달라진 건 없었다. 하지만 상사를 보는 관점이 달라졌다. 동등함이라 함은 상대방과 나 사이에 특별한 행동이 더해지는 게 아니다. 상대방을 바라보는 관점만으로도 성립된다. 내가 상대방과 동등한 인간이라는 생각과 믿음이다. "네, 알겠습니다"라고 대답하는 건 많이 변하지 않았지만, 주눅 들지 않으려 의식적으로 노력했다. 공격적인 아우라에 나도 모르게 위축되곤 했지만, 기회가 올 때마다 반박 의견을 조금씩 내기 시작했다.

내가 가끔 반대 의견을 던질 때면 분위기가 묘하게 변했다. 상사가 당황하는 게 눈에 보였다. 상사는 당황하면 말이 더 공격적으로 변했다. 전에는 두려움에 시야가 좁아져 미처 보지 못한 사실이었다. 그렇게 알고 나니 조금씩 자신감이 생겼다. 좀 더 적극적으로 의견을 냈고, 전보다 더 내가 원하는 방향으로 일이 흘러갔다. 확실히 관점이 변하니 굴욕감, 복종하고 있다는 느낌이 줄어들었다.

상사 앞에서 가슴이 빠르게 뛰고 식은땀이 나려고 할 때마다 마음속으로 되뇌었다. '보통의 인간, 그 이상도 그 이하도 아닌 인간.' 나보다 더 권위 있는 사람에게 복종하다 보면 나도 모르게 피해의식이 자라게 된다. 내가 이렇게 수동적으로 변한 게 다 그 사람 때문이라는 탓을 하게 된다. 원인 제공은 분명 상사가 한 게 맞다. 그런데 문제는 이렇게 되면 내 인생에 별로 도움이 되지 않는다는 것이다. 그냥 나는 수동적인 피해자로 회사 생활을 해야 되기 때문이다.

'저 상사가 변해야 내가 기를 좀 펴면서 주도적으로 회사 생활을 할 수 있지' 하는 생각을 한 적이 있다. 하지만 이건 내 인생이다. 상사는 변할 수도 있고, 변하지 않을 수도 있다. 그런데 나의 관점은 자유롭다. 내가 마음먹으면 변할 수 있다. 이쯤 되면 상사도 똑같은 인간이라는 관점이 필요하다. 그래야 상사와 동등한 관계를 형성할 수 있는 기회가 내게 생긴다.

3

부하 직원과의 건강한 관계

부모는 아이를 걱정한다. 아이가 사회에서 혼자 살아가기에 아직 부족하다고 생각하기 때문이다. 이와 유사하게 상사가 부하 직원을 아이 취급할 때가 있다. 예를 들어, '내가 없으면 안 돼', '내가 일일이 다 감시하고 모니터링을 해야 네가 일을 제대로 할 수 있을 거야' 따위의 생각을 하거나 마이크로 매니징을 하는 경우다. 물론 부하 직원에게 특정 업무를 가르쳐 줘야 하기 때문에 세세한 부분까지 일일이 간섭해야 할 기간이 있을 수 있다. 그런데 이게 지속되면 어떻게 될까?

동등함에서 중요한 건 부하 직원을 독립적이고 개별적인 존재로 인지하는 자세다. 리더로서 만나는 부하 직원들은 아무리 어려도 20대 이상의 엄연한 어른이다. 그들은 학교나 가정에서 이미 분리되어 독립적으로 살아가고 있다. 그리고 회사에 채용되는 순간 엄연한 '회사의 구성원'이다. 상사도 마찬가지다. 구성원 중 한 명이다.

그렇기 때문에 상사는 부하 직원을 구성원으로서 동등하다고 생각해야 한다. 많은 직장 내 성희롱, 괴롭힘 등 불미스런 사건들은 대개 이 사실을 무시한 결과다. 상사가 부하 직원보다 더 많은 권한을 쥐고 있기 때문에 모든 면에서 높다고 여기는 게 문제를 일으킨다. 자신이 누리는 권한이 부하 직원을 자기 마음대로 할 수 있다고 여기게 만들기 때문이다. 이러한 사건들은 부하 직원을 회사의 동등한 구성원으로 인식하지 못한 데 따른 대표적인 예이다.

부하 직원은 한 명의 구성원이기 때문에 회사에서 고유한 역할과 책임이 있다. 부하 직원과의 관계는 이 선을 분명하게 긋는 데서 시작해야 한다. 왜냐하면 그 직원만의 역할과 책임이 있다는 건 하나의 구성원으로서 존재를 인정한다는 뜻이기 때문이다. 그렇지 않고 고유한 역할과 책임에 상사가 비집고 들어가는 건 부하 직원만의 영역을 상사가 침범하는 경우가 된다. 여기에는 구성원이 아이처럼 아직 부족하기 때문에 마음대로 간섭해도 된다는 전제가 깔려 있다. 즉, 구성원을 자신보다 낮은 존재로 여기기에 그런 일이 발생한다.

그렇다면 상사가 '너에게 모든 책임이 다 있으니 나는 몰라' 하고 방치해도 된다는 뜻일까? 그것도 아니다. 상사에게는 주어진 고유의 역할이 있다. 의사 결정 권한 내에서 책임을 다해야 한다. 보통 상사의 역할은 옆에서 도와주고 직원이 올바른 방향으로 수행할 수 있도록 해 주는 것이다. 그 과정에서 필요하다면 세세하게 가이드를 해 줄 수 있다. 하지만 딱 거기까지다. 몇 년이고 계속해서 똑같이 모든 업무에 세세하게 간섭하는 것은 그 직원만의 고유한 존재성을 인정하지 않는 행위이다.

물론 맡은 업무에 대해 책임지는 것을 싫어하는 직원도 있을지 모른다. 하지만 결정할 수 있는 권한이 존재하는 한 그에 따른 책임은 반드시 지게 해야 한다. 그것 때문에 서로 감정이 상할 수 있다. 그래도 건강한 관계로 나아가기 위해서는 더 이상 아이가 아닌 어른 대 어른으로 관계를 쌓아 나가야 한다.

관계가 동등하다는 건 직원들과 감정적인 마찰을 일으키지 않거나, 친절하게 잘해 주거나 하는 문제가 아니다. 상사와 부하 직원을 구성원으로서 동등하게 여기고 서로 각자의 역할과 책임을 인정하는 것이다.

상사가 부하 직원에게 의존하는 경우도 있다.

'아, 저 부하 직원 나가면 큰일 나는데.'

'남들 있는 데서 내 욕하면 어떡하지?'

부하 직원이 퇴사할까 봐, 아니면 자신을 험담할까 봐 상사가 행동거지를 지극히 조심하게 되는 경우다. 물론 핵심 부서원을 나가지 않게 하거나, 스스로 올바른 행동을 하는 건 필요하다. 하지만 이건 경우가 다르다. 행동의 이유가 자기 자신이 아니라 부하 직원에게 있기 때문이다.

이러한 경우 건강한 관계를 형성하는 데 방해가 된다. 왜냐하면 마치 누군가에게 협박당해 원하지 않는 행동을 계속하고 있는 것과 같은 상황이기 때문이다. 상사는 위협에 굴복하고 있다. 상사가 부하 직원이 어떻게 행동할지 전전긍긍하기 바쁜데 어떻게 서로 생산적인 관계를 쌓아 갈 수 있을까?

자기 험담할까 봐 두려워하는 상사가 부하 직원의 보고서에 대해 제대로 피드백을 줄 수 있을까? 부하 직원이 나갈까 봐 걱정하는 상사가 자기 위치에서 마땅히 해야 할 부분을 제대로 할 수 있을까?

그런 상사라면 자기 역할을 제대로 할 수 없을 것이다. 그리고 이런 관계는 건강하지 않을 가능성이 높다. 물론 부하 직원은 회사를 만족스럽게 다닐 수도 있다. 그러나 상사는 이 관계를 만족스러워할까?

부하 직원이 회사를 떠나는 건 엄연히 그의 몫이다. 상사가 원인 제공을 하는 데 일조할 수 있겠지만, 그 직원 인생에서 자신만의 고유한 선택이다. 이건 상사가 어떻게 할 수 있는 문제가 아니다. 부하 직원 인생의 몫에 대해서는 상사 스스로 선을 그어야 한다. 서로 다른 개별적이고 독립적인 존재이기 때문이다. 그래야 더 건강한 관계가 된다. 오히려 전전긍긍해서 서로의 관계를 제대로 형성하지 못하면 퇴사 가능성이 더 높아질 수도 있다.

두려움을 걷어 내고 부하 직원을 있는 그대로 보면 어떨까? 퇴사, 험담 이런 걱정은 잊고 부하 직원을 구성원의 한 명으로서 더 이해하려고 노력해 보자. 그러면 상사가 지금까지 보지 못했던 부하 직원의 진짜 모습을 보게 될지 모른다. 그리고 부하 직원을 더 이해할 수 있게 된다. 그때야 비로소 건강한 관계로 가는 길이 보이기 시작할 것이다.

동등함은 행동이 아닌 관점이다. 동등한 관계란 겉으로 드러나는 행동에 대한 이야기가 아니다. 더 잘해 주거나, 인사 평가를 높게 주거나 하는 문제가 아니다. 오히려 겉으로 드러나는 행동은 중요하지 않다. 동등함은 어떤 렌즈를 끼고 부하 직원을 바라보는가에 대한 문제다. 내가 두려워하거나, 아이 취급하지 않고, 하나의 구성원으로서 부하 직원을 있는 그대로 보는 것이다. 그게 건강한 관계 형성의 기초가 된다. 그래야 비로소 부하 직원이 제대로 보인다.

4

칭찬 없이 살아갈 용기

"집에 들어올 때 오빠 표정 보면 상사에게 칭찬받았는지, 아닌지 알 수 있어."

아내가 현관문을 들어서는 내게 말했다.

"오늘 무슨 일 있지?"

촉이 좋은 아내가 내 표정을 읽었나 보다. 직장에서 있었던 일이 떠올랐다.

지난 3일 동안 기술 연구 개발 보고서를 작성했고, 오후 두 시에 팀장님의 1차 리뷰 회의가 있었다. 팀장님은 보고서를 꼼꼼히 보고 내게 말했다.

"생각보다 정성이 들어간 느낌이 아닌데? 보고서 작성할 때 고민을 많이 안 했네요. 특히 프로젝트 배경과 사업화 방향에 대한 계획 내용이 너무 부실합니다."

그렇게 한마디 하더니, 두 손으로 턱을 괸 채 무표정한 얼굴로

10분간 잘못된 부분을 설명했다. 칭찬은 한마디도 없었다. 나는 보고서가 별로라 전체적으로 다 수정해야 한다고 이해했다. 팀장님 설명이 끝나고 나는 불편한 마음을 감추며 말했다.

"알겠습니다. 수정 후 다시 공유하겠습니다."

나는 힘없이 책상으로 돌아왔다. 퇴근까지 세 시간 정도 남아 있었다. 일하기 싫었지만 보고서 수정 작업을 시작했다. 그런데 머릿속에서 '고민을 안 했다. 정성이 없다'라는 팀장님의 목소리가 10분마다 왔다 갔다 했다. 그 소리를 따라 배회하다 보니 세 시간 동안 겨우 두 문장이 완성됐다. 마음은 불편하고, 집중은 안 되고 그저 퇴근 시간만 기다렸다. 저녁 6시 59분이 되자 짐을 챙기기 시작했다. 7시 00분 00초 회사를 빠져나왔다. 그런데 퇴근길 내내 팀장님이 따라왔다. 급기야 이런 단어들이 내 머릿속을 점령했다. '고민, 정성, 부실.' 평소 퇴근길에 즐겨 보던 유튜브조차 떠오르지 않았다. 기어이 팀장님의 목소리는 집까지 쫓아왔다.

사실 올해 팀장님으로부터 기획서에 대한 검토를 다섯 번이나 받았다. 그때마다 팀장님은 "나무랄 데 없는 기획서군요. 이대로 진행합시다" 아니면, "다 좋은데, 여기 오탈자 두 개 정도만 수정하면 좋겠네요" 같은 칭찬 비슷한 말만 했다. 나는 칭찬을 들을 때마다 미소를 지었다. 자리에 돌아와서는 홀가분한 마음으로 칭찬받은 기획서를 몇 번이고 다시 보곤 했다. 좋은 기분은 퇴근길, 집, 심지어 침대에서도 이어졌다.

그런 전력에 대한 관성 탓인지 팀장님의 질책이 무척 낯설고 괴로웠다. 그날은 팀장님의 목소리와 동침하는 동안 도통 잠이 오지 않았다.

도대체 칭찬이라는 건 뭘까? 뭐길래 칭찬받은 하루와 그렇지 않은 날 퇴근길 지하철에서의 내 모습은 그토록 다른 걸까? 칭찬에 민감하게 반응하는 나를 보면 내가 상사의 칭찬을 받기 위해 일하는 것일까 하는 생각이 들었다.

국립국어원 표준국어대사전은 칭찬을 '좋은 점이나 착하고 훌륭한 일을 높이 평가함'이라고 정의한다. 칭찬은 평가다. 평가는 주관적인 의견이다. 팀장님은 나의 기획서와 보고서에 대해 의견을 제시했을 뿐이다. 사실 보고서야 수정하면 된다. 업무량도 반나절 정도 집중해서 작업하면 되는 수준이다. 팀장님이 소리를 지르거나 폭력적인 행위를 한 것도 아니다. 그런데 나는 팀장님의 부정적인 의견에 감정이 요동쳤고, 퇴근하고 나서도 괴로워했다. 일도 못했다. 칭찬받을 때는 기분이 좋아서 어쩔 줄 몰랐는데 말이다.

내가 괴로워한 이유는 나도 모르게 칭찬에 의존하고 있었기 때문이다. 의존은 중독의 또 다른 이름이다. 칭찬은 마약처럼 나의 부족한 존재감을 채우는 역할을 했다. 그게 정말 나에게 도움이 되는지 사실인지에 대한 고민은 없었다. 상사의 말은 틀릴 수 있다. 내가 아무리 잘해도 칭찬하지 않을 수 있고, 내가 실제론 못하는데 그냥 기분 좋게 하려고 칭찬할 수 있다. 여기에 내 회사 생활이 좌지우지되는 건 여러모로 낭비다. 주관적인 평가에 내가 일을 제대로 안 하거나 못하는 건 나에게 손해다.

J. K. 롤링의 해리포터 시리즈는 12번 퇴짜를 맞았다. 그의 작품이 세상의 빛을 보게 된 계기는 블룸스버리 출판사 회장의 여덟 살 딸의 추천이었다. 만약 J. K. 롤링이 12번 퇴짜 맞았을 때 좌절하고 절필했다면 우리는 해리포터 시리즈를 책이나 영화에서 만나지 못했을 것이다. J. K. 롤링 또한 역사의 한 페이지에 기록될 기회를 날렸을 것이다. 인생을 살다 보면 수많은 전문가들을 만나게 된다. 그들은 다양한 의견과 주장을 펼친다. 그것들을 다 믿고 거기에 의존해 내 인생을 거는 행위는 위험할 수도 있다. J. K. 롤링의 경우가 내게 그런 교훈을 줬다. 회사도 마찬가지다.

뛰어난 상사의 칭찬도 의견이기 때문에 그게 정말 맞는지 스스로 검토하고 검증해야 한다. 그가 얼마나 지혜가 있는지, 역량이 뛰어난지는 중요하지 않다. 가장 중요한 건 당신의 판단과 기준이다. 이것들은 누구에게나 있다. 그걸 삶의 잣대로 삼으려면 용기만 있으면 된다. 남이 한 칭찬, 평가, 의견 등은 모두 참고 자료다. 당신의 인생이고 회사 생활이다. 당신은 누가 칭찬하든 비난하든 그저 묵묵히 걸어가야 한다.

오늘 잠들기 전 한번 생각해 봤으면 좋겠다. 타인의 칭찬이 당신의 삶에 어떤 역할을 했는지.

5

비난하는 사람이 숨긴 진실

"야, 왜 저렇게 정치를 잘하냐? 말하는 게 완전 정치인 스타일인데. 말은 잘하는데 듣다 보면 은근 알맹이가 없어."

"겉으로는 밝게 웃고 하는데 성격 은근 별로야."

"걔 또 오버한다 오버해. 아, 이런 쓸데없는 정책은 왜 하냐? 저거 윗선에 잘 보이려고 하는 거지?"

아프다. 나를 향한 대표적인 험담들이다. 그들이야 조심스럽게 한다고 했겠지만 돌고 돌아 내 귀에까지 들어왔다. 이런 종류의 비난들은 나를 자주 힘들게 했다. 사실 나한테 직접 한 것도 아니고, 뭐 그렇게 생각할 수도 있지 하고 흘려버릴 수 있겠지만, 기분이 많이 상하곤 했다. 그런 비난을 받으면 그날 밤은 잠이 잘 오지 않았다. 그리고 몇 날 며칠 머릿속에서 '정치인, 정치인…, 성격 별로, 성격 별로…' 하는 비난의 키워드들이 윙윙댔다. 그날 하루 종일 일이 되지 않는 건 기본이었다. 직접 당사자와 이야기해 본

적도 있었다. 자기가 틀린 말 했느냐며 우기는 것부터 시작해 무조건 발뺌하는 경우까지 반응은 다양했다. 결론적으로 나에게 그렇게 도움이 되지는 않았다.

그러다 보니 상대방의 비난에 대한 대응은 내게 인생의 숙제이자 고민거리였다.

우선 비난과 비판은 구분했다. 비판도 감정적으로 그렇게 좋지는 않지만 장기적으로는 더 건강한 관계를 형성한다고 생각한다. 더 나은 상황을 만들기 위한 하나의 의견이기 때문이다. 하지만 비난은 목적 자체가 상대방을 깎아내리려는 행동이다.

비판의 사전적 의미는 '어떤 대상의 옳고 그름을 가린다'는 뜻으로 객관적인 평가나 판단이다. 비난의 사전적 의미는 '남의 잘못이나 결점을 책잡아서 나쁘게 말함'이다. 즉, 심하게 말하면 누군가를 말로 파괴하려는 행위이다. 이렇게 비판과 비난은 지향점 자체가 다르기 때문에 이게 비난인지 비판인지는 스스로가 명확히 구분해서 대응해야 한다.

그렇다면 왜 누군가를 습관적으로 비난하는 사람이 있는 걸까?

비난을 하는 사람은 기본적으로 자기 존재감이 약하기 마련이다. 자기 자신에 대한 확신이 부족하다. 그렇기 때문에 자신에 대한 평가 기준을 외부에 의존한다. 동료들의 직위, 월급, 인사 평가, 평판 등이 그 대상이 된다. 그런데 사회에서는 '나'보다 잘난 사람들을 쉽게 찾을 수 있다. 나보다 급여가 높은 사람, 자신보다 나이가 적은데 직위가 훨씬 높은 사람은 흔하다. 우리는 때로 그 사람들과 비교하며 자신의 존재를 낮게 평가하게 된다.

이때 상대방이 나보다 괜찮은 사람이라는 생각을 견딜 수 없을 때 문제가 발생한다. 어떻게든 상대방의 가치를 깎으려고 행동하게 되기 때문이다. 비난은 대표적인 공격 수단이다. 비난을 통해 누군가를 자기가 원하는 대로 직접 헐뜯을 수 있다. 또한 그 비난이 상대방에게 흘러갔을 때 그 사람의 부정적인 감정을 일으킬 수 있고, 그로 인해 파생되는 부정적인 행동으로 그 사람을 더 깎아내릴 수 있는 여지를 만들 수 있다.

비난에 대해 일일이 대응하는 건 무의미한 일이다. 비난은 본질적으로 남을 깎아내리면서 자신이 우월하다는 사실을 증명하고자 하는 목적을 갖고 있다. 그렇기 때문에 비난에 휘둘리면 휘둘릴수록 상대방이 의도한 대로 내가 반응하는 모양새가 된다. 비난하는 사람에게 자기주장이 맞는지 틀린지는 중요하지 않다. 비난하는 사람의 목적은 상대방보다 우월한 위치를 차지하려는 데 있다. 그렇기 때문에 나를 비난하는 사람을 반박하거나 설득하는 일은 쉽지 않다. 비난에 반박하는 건 비난하는 사람의 목적 달성을 방해하는 행동이기 때문에 그는 우겨서라도 주장을 관철시키려 한다. 세상을 바라보는 관점이 이미 꼬여 있기 때문이다. 내가 아무리 그 비난에 논리적이고 합리적인 이유를 대도 이미 꼬일 대로 꼬인 생각을 설득한다는 건 참 어렵다.

거기에 대고 화를 내거나 수긍하는 어떤 대응을 해도 비난한 사람의 합리화 과정에 좋은 근거를 제공하는 꼴만 된다. 그는 “저 봐 봐. 재, 화 잘 내잖아”, “봐 봐, 본인도 인정하잖아” 등등의 말로 끝까지 비난의 목적을 이루려 한다. 비난과 싸우거나 일일이 대응하는 게 무의미한 이유이기도 하다.

핵심은 비난을 받는 쪽이 아니라 가하는 쪽에 문제가 있다는 것이다. 상대가 나를 비난하면 평정을 찾기가 쉽지 않다. 나를 흔들겠다는 비난의 목적이 쉽게 바뀌지 않기 때문이다. 나의 경우가 그랬다. 나는 비난에 약하다. 누군가 나를 비방했을 때 내 존재 가치가 낮아진다고 착각하기 때문이다. 기분 나쁘고 불편한 감정이 더 많이 든다는 건 내가 나를 믿지 못하기 때문이다. ‘비난을 하는 사람이 늘어나면 이 사회에서 내가 설 자리가 없어질 거야.’ ‘회사에서 잘릴 거야.’ 은연중 이런 불안한 생각들이 이어진다. 그래서 나는 아무리 말도 안 되는 비난일지라도 그것과 맞닥뜨리면 미안해하며 받아들인 경우가 종종 있었다. 내가 모르는 허물이 남들에게 보일지도 모른다고 생각했고, 그냥 넘어가면 모두가 편할 거라 여겼다.

그런데 장기적으로 나의 정신 건강에 별로 도움이 되지 않았다. 상대방이 비난하는 건 내 문제가 아니라 그의 문제였다. 상대방에게 문제가 있는데 그 원인을 내게서 찾으려는 건, 사건은 서울에서 벌어졌는데 제주도에서 원인을 찾는 일과 같았다. 그러다 보면 비난에서 파생된 갈등의 실마리는 도저히 찾을 수가 없게 된다. 나도 형식적으로 수긍하기는 했지만 마음속에는 불편한, 일종의 굴욕감 같은 감정이 새로 생겼다. 도저히 비난이 납득이 되지 않았기 때문이다.

비난에 대한 기본적인 대응 방법은 나에게 문제가 있어서 벌어진 상황이 아니라는 것을 이해하는 일이다. 그래야 흔들리지 않는다. 비난받을 때 상대방이 아닌 나 자신에게 집중해 보자. 우리가 비난을 감당하기 힘든 이유는 내가 회사에서 매장당할까 봐, 나의 평판이 깎일까 봐 등등 두려움과 불안감이 밴 부정적인 생각을 떠올리기 때문이다. 두려움과 불안감은 우리의 존재 가치가 열어질수록 쉽게 파고든다. 이럴 때일수록 내 존재에 더 집중해 보자. 그렇다면 사실 나라는 존재는 어디 간 적도 없고, 아무런 영향을 받지 않았다는 것을 깨달을 수 있다.

중요한 건 누가 어떤 비난을 하든 내 존재 가치는 변하지 않는다는 사실이다. 별로 건강하지 못한 상대방이 배배 꼬여 있어서 던진 비난에 상처받는 건 자신에게 손해다. 그리고 상대의 비난에 감정적으로 대했다고 해서 자신을 경멸하거나 자책하지는 말자. 불안, 근심, 분노 따위의 부정적인 감정들은 감정의 악순환을 만들어 낼 수 있다. 불안한 감정에 휩싸인 자신을 보면서 스스로 비난하게 되고 그런 모습에 걱정하고 답답해하는 형국으로 계속해서 부정적인 감정의 순환이 일어나게 될 수도 있다.

사람이니까 그럴 수 있는 것이다. 그저 있는 그대로 자기 자신을 바라보자. 화나 있는 나, 걱정하는 나, 불안해하는 나를 있는 그대로 바라봐 주자. 나를 좀 더 따뜻하게 아껴 주자.

당신은 비난으로 상처받았다. 더 단단해지기 위해서는 위로와 지지가 필요하다. 아무도 당신에게 손을 내밀지 않는다 해도 슬퍼하지 말길 바란다. 영원한 당신의 편인 당신 자신이 있으니 말이다. 자신을 따뜻하게 품길 바란다. 그렇게 다시, 당신은 또 성장하게 될 것이다.

6

폭언이 봄날 꽃잎처럼 흩날려도

오늘도 어김없이 폭언이 봄날 벚꽃 잎처럼 흩날렸다. 사무실 사람들 모두 꽃구경을 한다. 이 인간은 왜 이러는 걸까? 상사는 그렇게 화를 낼 상황이 아닌데 갑자기 화를 내며 버럭 소리를 질러댔다. 피하고 싶지만 회사를 당장 관둘 게 아니면 자리를 뜰 수 없다. 그와 최소 1년은 얼굴을 맞대고 지내야 한다.

'세상에 이유 없는 미친놈은 없다'라는 말이 떠올랐다. 인생에 한 번쯤은 '이해'라는 관점으로 이런 사람들을 바라보아야 할 필요가 있다. 행동의 이유를 알면 이 난국을 타개할 실마리라도 얻을 수 있기 때문이다.

상사는 정서적 결핍 때문에 자주 화를 내는 걸 수도 있다. 사람은 태어날 때부터 성인으로 성장하기까지 정서적인 욕구를 충족시키면서 살아야 한다. 부모를 비롯한 가족, 친구들로부터의 따뜻한 관심, 공감, 이해, 인정, 칭찬이 필요하다. 그렇지 못할 경우

심리적으로 불안한 상태가 된다. 마치 배가 고프면 예민해지고 신경이 날카로워지듯이 말이다. 불안한 심리 상태 때문에 굳이 화를 내지 않아도 될 일에 화를 내게 되고, 매사에 부하 직원들에게 공격적으로 행동한다.

상사는 정서적 욕구가 결핍되어 있기 때문에 동료나 부하 직원의 인정과 이해에 더 예민해진다. 부하 직원들이 자기에게 주는 인정과 관심은 '내가 마땅히 누리는 자기 것'이라고 생각하기 때문이다. 누군가가 '인정과 관심'을 주지 않으면, 그는 단순히 못 받았다고 여기지 않는다. 자기에 대한 공격이라고 생각한다. 마땅히 누려야 하는 인정과 관심을 도둑질당했다고 생각하기 때문이다.

부하 직원 중에 자주 화를 내는 상사를 이해하고 존중할 수 있는 이는 없다. 그래서 상사는 점점 더 화를 내게 되고, 부하 직원은 그를 더 멀리하게 된다. 상사는 인정을 갈구하면서도, 사람들을 계속 밀어내는 자기 파괴적인 행동을 하게 된다. 스스로가 계속 악순환을 만들어 가고 있는 것이다.

부하 직원에 대한 기대감이 좌절되었기 때문에 화를 내는 걸 수도 있다. 여기서 기대감은 세상이 자기 뜻대로 되어야 한다는 믿음이다. 하지만 어떻게 회사 일이 자기 마음대로 되겠는가. 업무 지시의 내용과 결과물은 언제든 달라질 수 있다. 프로젝트가 잘 진행되다가도 예상치 못한 누군가의 치명적인 실수로, 코로나19 같은 급작스런 외부 요인으로 예상 밖의 문제가 발생하기도 한다. 문제가 발생할 때마다 기대감은 좌절감으로 바뀌고 분노로 이어진다. 그렇기 때문에 매사에 기대감이 높을수록 화를 더 잘 내게 된다.

상사는 그렇게 화를 정신없이 내다가 자신을 지켜야 한다고 느낄지도 모른다. 내면에 합리화 프로세스가 작동되기 때문이다.

'나는 원래 화를 내는 사람이 아니다. 저 부하 직원이 실수를 했고, 내가 지시한 업무와 다른 결과물을 내놓았기 때문에 화를 내는 거다. 부하 직원만 제대로 되었어도 내가 이렇게 화를 낼 일은 없다.'

상사는 자신의 부정적인 감정에 대한 책임을 부하 직원에게 전가한다. 자신의 분노와 폭언은 정정당당한 행동이라고 생각한다. 올바른 행동이기 때문에 부하 직원이 실수할 때면 내 마음대로 화를 내도, 소리를 질러도 괜찮다. 그렇게 상사는 오늘도 계속 화를 낸다.

관점은 세상을 보는 시각을 이야기한다. 사람마다 다양한 관점을 갖고 있다. 그중에 세상을 철저한 경쟁 사회로 인지하는 사람들이 있다. 그들에게 세상의 모든 사람들은 잠재적인 경쟁자이자 적이다. 그들은 경쟁 사회에서 더 도태될수록 사람들이 자신을 무시하고 비난한다고 생각하며 그런 상황을 두려워한다. 그렇기 때문에 남들에게 무시당할까 봐 신경이 항상 곤두서 있다. 그런 이유로 상대방이 별 의미 없이 한 행동들을 계속 자신에 대한 무시로 받아들인다.

예를 들어, 부하 직원들이 저지른 실수를 자신에 대한 무시로 받아들인다. 그리고 자기 기준에 어긋나는 행동들은 도전이라고 받아들이게 된다. 지각을 한 직원이 있다고 가정해 보자. 알고 보니 피치 못할 사정으로 지각을 했다. 그럼에도 불구하고 '저 직원이 상사인 나를 무시해서 지각을 하는구나'라는 생각을 품게 된다. 그리고 무시당한 자신을 보호하기 위해 지각한 직원에게 폭언과 화를 퍼붓고 인신공격을 한다. 분노의 감정을 쏟아 낼수록 화는 점점 더 커진다. 이번에는 감정을 통제하지 못하고 토해 낸 자신에게 화가 나기 때문이다. 그렇게 분노는 또 다른 분노를 낳아서 상대방에게 퍼붓게 된다.

한 번쯤 화를 잘 내는 상사들을 이해하는 마음으로 살필 필요가 있다. 그런데 정도가 심할 경우 피할 수 있으면 최대한 피해야 한다. 피할 수 없는 경우 맞서 싸워야 할 상황이 전개될 수도 있다. 너무 자주 화를 내고 폭언을 해서 어떻게 해야 할지 모르겠다고 상사에게 대놓고 이야기하는 것도 방법이다.

의외로 그런 유형의 사람은 겉은 강하지만 속은 약하다. 폭언과 화는 자기 자신을 보호하기 위한 수단이기 때문이다. 크게 짖는 개일수록 나약한 법이다. 폭력적인 겉모습에 속지 말자. 그는 자신의 약하고 추한 모습을 들키기 싫어서 더 우악스러운 모습을 띠고 있는지도 모른다.

당신은 비록 나약할지 모르지만 삶을 더 깊이 안으려 한다. 상사의 내면에 감추어져 있는 본모습을 찾아보자. 그의 가면 속 모습에 다가설수록 당신은 삶을 더 뜨겁게 끌어안게 될 것이다. 그러면 폭언이 아니라 사람에 대한 믿음으로 자란 꽃그늘 아래를 걷게 될지도 모르겠다.

7

우월감과 열등감 사이에서

"야, 재 좀 재수 없지 않냐? 재랑 이야기하면 내가 바보 취급 당하는 것 같아."

"소름…, 나도 그런데. 똑똑한 건 알겠는데 왠지 모르게 나를 무시하는 듯한 기분이 든단 말이야."

"그러게 나도 싸하다니까. 착한 것 같긴 한데, 위에서 내려다보듯 말하는 경향이 있어."

"이야, 나도 그런 기분이었는데."

또 아프다. 어느 날 나에 대한 동료들의 험담을 들었다. 마음이 조금 쓰렸다. 그런데 어찌 하겠나…, 나도 인정한다. 아내도 비슷한 말을 하곤 했다.

"오빠 재수 없어. TMI…, 설명 좀 그만해! 똑똑해서 좋겠다."

나는 상대방을 존중하고 공감하고 싶었다. 그리고 겸손한 사람이 되고 싶었다. 생각보다 잘되지 않았다. 동료 직원들과 대화를 나누면 갑갑함과 답답함을 자주 느끼곤 했다. '왜 몇 년이나 이 일을 했는데 이것도 모를까?' 이런 생각이 자주 들었다. 그리고 한숨 사이로 이런 말이 튀어나왔다.

"하아, 저는 이해가 가지 않네요. 여기 해당 매뉴얼에도 나와 있고, 인터넷 조금만 뒤지면 다 나오는 내용이에요. 제가 추천하는 방법은 지금 드리는 키워드로 검색하면 다 나와요."

설명은 훈계조로 이어진다. 그리고 곧 질문들을 쉴 틈 없이 퍼붓는다.

"현재 회사 방향은 무엇이라고 생각해요? 그게 지금 현재 업무하고 일치한다고 생각하나요? 전 전혀 아닌 것 같은데요."

나는 혼자 열심히 질문도 던지고 답변도 한다. 바쁘다. 말이 나가는 속도가 빨라진다. 상대방의 표정은 어두워지고, 그 시간이 빨리 지나가기만 바라는 듯 나를 쳐다본다. 나는 아랑곳하지 않고, 내 페이스대로 계속 이야기한다.

쉴 새 없이 설명을 하다 보면 이런 생각이 삐죽 얼굴을 내민다. '아, 나도 뛰어난 동료들과 일하고 싶다. 우리랑 비슷한 규모로 투자받은 회사 인력은 훨씬 뛰어나다고 하던데 나는 여기서 뭐 하고 있나….' 이런 금기에 가까운 생각들이 마구 이어지다가 '내가 지금 무슨 생각을 하는 거야? 왜 갑자기 이런 오만한 생각이 드는 거지!' 하는 자괴감에 고개를 몇 번이나 흔든다.

나와 대화를 나누던 직원은 내 말대로 하겠다는 말만 계속 반복한다. 그러면 또 갑갑해진다. '아니 왜, 논의 중인데 반박을 안

하는 거지? 서로 다양한 의견을 나누면서 더 좋은 결론으로 나아가야 되는 거 아니야?'라는 생각을 하면서 동료에게 물어본다.

"다른 관점이나 의견은 없나요?"

동료는 "흠…, 잠시만요" 하고 허두를 떼는가 싶더니 말을 잇는 대신 침묵을 초대한다.

나는 또다시 밀려오는 답답함에 "예를 들어 말이죠" 하며 먼저 이야기를 꺼낸다. 다른 관점과 의견은 무엇이 있을 수 있는지 혼자 쉴 새 없이 떠들어 댄다. 그렇게 10분 가까이 이런 관점, 저런 관점을 줄줄이 소개한다. 나도 모르게 내가 얼마나 다양한 관점을 갖고 있는지 자랑하는 것마냥 이야기하기 시작한다. 말하는 동안 어깨에 힘이 들어가고 머리에 떠오르는 다양한 관점에 스스로 놀라기도 하며 우쭐한 기분마저 든다.

그렇게 신나게 이야기하는데 동료가 한마디 끼어든다.

"그냥, 아까 말하신 대로 진행하죠."

그러자 퍼뜩 정신이 돌아온다.

'또, 혼자 떠들어 댔구나! 또, 겸손하지 못했구나! 또, 듣지 못했구나!'

혼자 북 치고, 장구 치는 나 자신을 발견한다. 뒤돌아서면 '아, 이야기 좀 들을걸' 하며 후회하는 내 모습을 만나는 것으로 마무리되는 패턴이 재현됨을 깨닫는다.

이상하다. 치밀한 논리로 나의 주장을 강하게 내세워 원하는 것을 성취하고 나면 우쭐한 기분이 든다. 마음속 괴물이 내게 속

삭인다. '야야, 이것 봐. 네가 저 동료들보다 똑똑해. 의견이 거의 없는 거 봐 봐. 시야도 굉장히 좁잖아. 역시, 넌 이 회사에서 매우 특별한 인재야, 인재.' 고개를 흔들어 보지만 어느새 그 우월한 기분에 취해 있다.

상담을 통해서 나는 우월감을 갖고 있다는 사실을 알게 되었다. '나르시시즘', 또는 '자기애'는 정신분석학적 용어로, 외모, 능력과 같은 어떠한 이유를 들어 지나치게 자기 자신이 뛰어나다고 믿거나, 아니면 사랑하는 자기중심적 성격 또는 행동을 말한다.

『내 마음인데 왜 내 마음대로 안 되는 걸까?』에서 저자는 우월감은 남보다 더 괜찮게 보이고 싶은 마음, 우월해 보이고 싶은 마음에서 비롯된다고 이야기했다. 그의 말에 따르면, 우월감은 남보다 더 뛰어난 지점을 찾으면서 내 존재 가치를 발견하려는 성향에서 비롯된다. 나는 업무 역량과 회사에 대한 적응력이 남들보다 뛰어나다고 생각하면서 나의 존재 가치를 찾으려 하고 있었다.

해답은 나의 고등학교 시절에 있었다. 나는 고등학교 때 왕따였다. 이 경험은 내가 속해 있는 그룹에서 버림받았다는 느낌을 갖게 했다. 그리고 본능적으로 어떻게 하면 누군가에게 버림받지 않을까? 하는 방향으로 나 자신을 몰고 갔다. 그렇게 형성된 '나'라는 자아는 '타인에게 버림받지 않아야 된다'고 인생의 지상 목적을 정했다. 한창 예민한 청소년기에 겪었던 충격적인 경험은 내 존재 가치가 타인의 시선과 기준에 따라 결정된다는 사고 체계로 이끌었다.

타인보다 더 우월해야만 내 가치를 지킬 수 있기 때문에 항상 주변 사람들보다 더 뛰어난 능력을 발휘해야 했고, 더 높은 수준의 적응력을 보여 주어야 했다. 이런 성향 때문에 남들보다 더 열정적으로 일했고 좋은 성과를 올렸다. 그런데 동시에 불안에 빠졌다. 나보다 뛰어난 인재들이 나타나면 '내가 저런 사람들을 어떻게 이길 수 있어. 저건 정말 엄청난 재능이네' 하는 마음에 우월감은 금세 열등감으로 전환되어 나를 괴롭혔다. 나는 늘 누군가와 경쟁해야만 했고, 거기에서 패배하면 열등감이 만들어지니 항상 불안했다.

그럼 나는 어떻게 해야 할까? 과거는 내 행동의 이유를 설명해 줄 수는 있지만, 거기까지다. 과거에 일어난 일이 현재 행동의 변명이 될 수는 없다. 왕따 생활은 무척 힘든 경험이었지만 벌써 20년 전 일이다. 이제 과거에서 벗어나야 한다. 나 스스로 선택해야 한다. 고등학생이었던 나는 더 이상 여기 존재하지 않는다. 나는 성인이 되었고 회사와 가정에서 점점 더 많은 책임을 지고 있다. 그렇기 때문에 내 안의 어둠들이 나올 때마다 "아, 이거 내가 어렸을 적 상처가 워낙 심해서 그래요. 이해해요"라고 세상에 이야기하는 건 무책임하지 않을까? 내가 여전히 학생이거나 어린 채 남아 있다면 괜찮을지도 모른다. 그런데 이미 나는 한 가정의 가장으로 돈을 받고 일하는 프로의 세계에 있다.

『인간 본성의 법칙』에서 저자는 정도의 차이가 있을 뿐 우리는 누구나 자아도취, 우월감, 나르시스적인 성향을 갖고 있다고 말한다. 그렇기 때문에 우리 안에 이런 자아도취적 성향들을 이해해야 한다는 것이다.

우리에게는 각자의 어둠이 있다. 나의 경우는 우월감과 열등감이었다. 내가 가장 먼저 해야 하는 건 인정이다. 내게 이런 어둠의 성향이 있다는 사실을 인정하는 것만으로도 어둠은 사라진다. 어둠이 있는데도 부인한다면 내 안에 숨을 곳이 마련되고, 역설적으로 거기에 어둠이 그대로 남아 있게 된다. 이런 행동이 반복될수록 더 부인하게 되고, 그 어둠은 내 안에서 더욱더 자라나게 된다. 그렇기 때문에 우선은 어둠을 면밀하게 이해해야 한다.

자신에 대한 어둠을 인정할 때 한 가지 주의할 사항이 있다. '그래, 나는 우월감을 갖고 있어'라는 인정이 '그래서 난 별로야'라는 내 존재 가치를 깎아내리는 생각으로 이어져서는 안 된다. 우월감과 열등감의 원인은 자기 자신의 존재 가치를 긍정하지 않고 상대방과의 비교를 통해 자기 존재를 찾으려는 성향에서 비롯된다. 내 존재 가치를 낮출수록 우월감과 열등감은 더 심해진다.

핵심은 '나라는 생명체의 소중함'을 깨닫는 것이다. 우리는 자주 '나는 이런저런 행동을 했기 때문에 별로야' 하며 스스로 평가를 내리곤 한다. 그러지 말고 나 자신을 그저 있는 그대로 받아들이면 어떨까? 내가 어떤 행동을 하든, 업무 역량이 어떻든, 사회적 지위가 어떻든, 외모가 어떻든, 괜찮다. 우월감과 열등감 사이에서 자기혐오에 빠진 이도 나고, 그것을 극복하기 위해 노력하는 이 또한 나다. 나는 더 나은 나 자신을 위해 살아가고 싶어할 뿐이다.

당신도 마찬가지일지 모른다. 다른 존재에 대해 인정하고 긍정하는 마음이 깊어질수록 모난 감정은 부드럽게 바뀔 것이다. 그러면 직장 생활을 하는 동안 뛰어나거나 부족한 동료들과 아무리 부딪쳐도 불편한 감정으로 자신을 괴롭히는 일은 줄어들지도 모른다.

8

툭하면 팝콘처럼 터지는 폭언

"야, 무슨 일을 이따위로 해! 정신 못 차리지? 야, 요즘 내가 너 때문에 회사 다닐 맛이 안 나! 이거, 이제 어떻게 할 거야?"

"네가 알아서 해? 네가 뭔데 이걸 마음대로 결정하는데? 누구야? 누가 이렇게 시켰어? 당장 불러와!"

"야, 너는 왜 이렇게 매사에 센스가 없어! 왜 이렇게 말귀를 못 알아들어!"

오후 두 시 업무 몰입도가 높아질 무렵, 갑자기 고함 소리가 들려왔다. 내 자리에서 20미터 정도 떨어져 있는 부서에서 고함 소리가 10분간 이어졌다. 전 직원이 들을 수 있는 데시벨이었다. 목소리의 당사자는 직원들이 험담을 가장 많이 하는 상사였다. 그가 오늘도 소리를 지르고 있었다. 그는 일주일에 적어도 한 번은 꼭 소리를 질러 자신의 존재를 알렸다. 회의실에서 문 닫고 해도 되건만 그는 습관처럼 모든 부서원이 있는 곳에서 누군가를 혼냈다.

그는 회식 자리에서도 기피 대상 1위였다.

"너, 잠깐 일로 와 봐."

"야, 좀 똑바로 안 해, 응? 나 다 듣고 있어. 너 요즘 주변에서 소문 안 좋더라. 잘 좀 해, 응?"

"야, 이 자식아, 너 술 왜 이리 안 마셔? 이런 회식 자리에서는 좀 취하고 다 그러는 거야!"

그는 꼭 '야, 너'를 빼놓지 않고 잔소리를 시작했다. 무엇을 똑바로 안 했다는 건지, 뭘 누구에게 들었는지, 소문이 어떻게 났는지 구체적인 말은 항상 빠져 있었다. 그리고 이렇게 시작된 말은 한 시간 내내 설교로 이어졌다. 어떻게 단 1분도 쉴 틈을 안 주는지, 어찌 보면 참 대단했다.

툭하면 소리 지르고, 폭언하고, 직원들 다 있는 공간에서 대놓고 잘못을 말한다. 회식 강요, 복장 강요 등 온갖 강요는 기본. 심지어 인사할 때의 각도도 정해 주고, 침울한 표정에 대한 지적도 잊지 않았다. 부서 직원들의 마음은 점점 멍이 들어갔다. 그리고 회사에 한 가지 소문이 돌았다. 그 부서 직원들의 울고 있는 모습이 계단에서 자주 목격된다는 소문이었다.

언젠가부터 그 상사의 부서에는 퇴사하는 직원이 점점 늘어났다. 그리고 동시에 회사와 관련된 익명 커뮤니티에 그를 지칭하는 글이 올라오기 시작했다.

'무능력한 리더를 경험하고 싶다면 추천. 안타까운 수준의 리더가 있다. 쓰레기만도 못한 리더가 있는 곳. 특히 ○○부서는 완전 비추. 부하 직원 알기를 벌레로 대하는 정치질로 먹고사는 리더가 있는 곳. 툭하면 개, 야, 너, 이 XX 등 사람 취급을 잘 안 한다. 폭언, 욕설, 인격 모독 3종 세트를 경험하고 싶다면, ○○부서로. 책임전가는 일상, 비하 발언은 디저트!'

커뮤니티에 실린 회사에 대한 부정적인 글에는 항상 이 상사에 대한 내용이 있었다. 어떤 글은 상사가 부서원에게 했던 수준의 원색적인 비난 글이 올라오기도 했다. 쓰레기, 인간말종, 동물, 대가리 등의 단어들이 자주 눈에 띄었다. 회사에 그 상사와 관련된 온라인 내용이 떠돌기 시작했다. 그리고 매주 들려오던 그의 고함소리가 언젠가부터 잦아들었다. 스치듯 지나가는 그 상사의 안색은 침울해 보였다.

그러던 어느 날 그는 HR에 면담을 신청했다.

"내가 요즘 인터넷 악플들 때문에 불면증에 시달리고 있어. 병원에서 진단받아 보니 우울증 증상이래…. 한 달 정도 휴직을 하고 싶은데 회사 절차가 어떻게 될지?"

상사는 병원 진단서를 보여 주며, 한 시간가량 이야기를 했다. 악플을 보면서 자기가 얼마나 잘못된 행동을 했는지 반성한다고 했다. 그런데 계속 그 악플들 생각에 잠을 잘 수 없었고, 우울증이 점점 심해졌다고 했다. 대인 기피증도 조금 생겼다고 했다.

회사는 휴직을 수락했다. 그러나 한 달 뒤 그는 우울증 증상이 호전되지 않아 결국 퇴사했다.

그 상사의 막말은 부서 직원들의 마음에 큰 상처를 주었다. 그리고 그가 뱉은 폭언은 인터넷를 거쳐 자신을 향했고 마음에 병을 만들었다. 결국, 잘못된 리더십으로 피해자가 생겨났다. 그런데 피해자는 가해자가 되었고, 가해자는 어느새 피해자가 되어 있었다. 몇 마디 말로 시작된 악순환은 회사의 한 부서를 초토화시켰다.

상사의 폭언은 정말 잘못된 행동이다. 부하 직원이 말을 안 듣거나 업무 능력이 떨어지거나 하는 등 여러 이유로 화가 날 수도 있다. 그렇다고 해서 폭력적인 행동이 정당화될 수는 없다. 그렇다면 악플을 작성한 직원들은 어떨까? 당연히 해야 할 일을 한 걸까? 상사가 막말했으니까 직원들도 그에 대해 상사에게 쓰레기라고 말해도 괜찮은 걸까? 그 직원들 역시 온라인 공간에서 그 상사와 똑같은 행동을 하지 않았나 하는 생각도 든다. 그런데 사실 잘 모르겠다. 무엇이 직원들의 옳은 행동이고 잘못된 행동인지. 그저 물고 물리는 그 악순환이 왠지 모르게 씁쓸하게 다가왔다.

분명한 건 우리가 하는 말에는 힘이 있다는 사실이다. 그리고 누군가에게 악영향을 주는 말은 상대방뿐만 아니라 자기 자신도 파괴한다. 영향을 받는 누군가에 나도 포함되기 때문이다. 말은 상대방과 나를 파괴할 수도, 주변에 긍정적인 영향력을 줄 수도 있다.

그러니 당신은 잠들기 전 평소 싫어했던 누군가에게 건넬 따스한 한마디를 떠올려 보면 어떨까. 악순환의 고리를 끊어 내는 아주 힘들게 내민 그 손이, 오늘 하루도 힘들게 퇴근하는 당신과 누군가를 어루만져 주는 선물이 되리라 믿는다.

9

내가 몰랐던 이상하고 따뜻한 마음

내게 유대감은 좀 어색한 단어다. 회사는 일하는 곳이고, 서로 너무 친해지면 업무에 방해가 된다고 생각했다. 나는 회사 전체나 부서 회식 때도 가볍게 밥만 먹고 제일 먼저 빠지곤 했다. 회식 때는 필요 이상으로 술을 마시지 않았다. 부서를 책임지는 리더 역할을 맡았을 때는 저녁 회식을 없앴고, 점심에만 가끔 밥을 같이 먹었다. 다른 부서 리더들과의 회식은 기껏해야 1년에 한두 번이었다. 사적으로 모이는 자리에는 무조건 불참했다.

나는 언제나 회사의 업무 시간은 어떻게 하면 일을 잘할 수 있을지 고민하는 데 사용해야 한다고 생각했다. 점심시간에 동료나 부하 직원과 밥을 먹는 건 나에게 면담의 연장선이었다. 보통은 집에서 싸 온 도시락을 일하면서 먹었다. 그렇게 하면 굳이 야근을 안 해도 많은 업무를 처리할 수 있어, 회사 생활에 더 여유가 생겼다. 그리고 혼자가 편하기도 했다.

회사 직원들은 내게 '비즈니스 관계형 리더'라는 별칭을 붙여 주었다.

부서원 중 한 명이 깜짝 결혼 소식을 전했다. 2020년 5월에 들어서 코로나19 하루 확진자 수가 10명 이하로 줄어들었을 무렵이었다. 그는 원래 4월에 결혼식을 하려 했다. 그런데 코로나19 때문에 무기한 연기를 생각지 않을 수 없었다. 신혼여행, 결혼식장 예약을 다 취소했고, 준비한 청첩장도 다 버렸다. 그는 기약할 수 없는 결혼식 때문에 마음만 졸이며 확진자 수가 줄어들기를 바랐다. 결혼식을 언제 할지 몰라서 결혼의 '결' 자도 꺼내지 못했다. 그는 코로나19에 심각하게 대응하는 회사 분위기 때문에 'ㄱ' 자조차 발음하는 게 힘들었다고 했다. 그러다 상황이 좀 나아지자 우리에게 정말 미안한 표정으로 급하게 결혼 소식을 전했다. 그는 나와 같은 부서 동료지만 점심을 같이하는 사이도 아니었고, 친한 사이는 더더욱 아니었다. 나는 그로부터 결혼 소식을 듣자마자 즉각적으로 반응했다.

"결혼한다고요? 정말, 너무 축하해요. 정말 기쁜 일이네요."

나는 그의 사생활을 잘 몰라서 이성 친구가 있는지도 몰랐다. 그래서 결혼 소식을 듣고 몇 번이나 되물었다. 심지어 본인이 결혼하는 게 맞느냐고 재차 확인하려 했다. 너무 놀랐기 때문이다. 나도 모르게 입가가 벌어졌다. 어쩌면 내 표정이 놀란 것처럼 보였을지는 모르지만 옆에서 결혼 이야기를 듣던 다른 부서원들과 함께 웃으며 축하 인사를 가득 전했다.

"네? 결혼해요? 진짜예요? 아, 왜 이야기 안 했어요!"

"정말 축하해요! 모바일 청첩장 있어요? 보여 주세요."

"이거 회사 공지에 올려야 하는 거 아니에요? 청첩장 안 돌리세요? 얼른 돌려요!"

순식간에 예비 신부 주변으로 우리뿐만 아니라 다른 부서원들이 몰려들었다. 결혼에 대해 이야기하는 모습을 바라보니 왠지 모르게 주변이 화사해졌다. 코로나19와 그에 따른 매출 감소로 우울했던 회사 분위기에 반전이 일어난 느낌이 들었다. 코로나19 대신 기쁨이라는 감정이 회사에 퍼졌다. 나도 어찌 된 일인지 웃음이 멈추질 않았다.

그 동료는 결혼식은 올리지만 신혼여행은 코로나19 때문에 못 간다고 했다.

"아쉽게도 신혼여행은 못 가게 되었어요. 올해 오랜만에 해외여행 가고 싶었는데 그럴 상황이 아니라서…."

"아, 한 번뿐인 결혼식인데 정말 안타깝네요. 이놈의 코로나 때문에 마음고생 많이 했겠어요?"

"네, 정말 오랜만에 사람들 원망 많이 했어요. 확진자 수 늘리는 데 한몫한 단체들요."

나도 모르게 진심 어린 위로의 말들이 나왔다. 평소 공감 능력이 좀 떨어진다고 생각했지만 그 순간만큼은 아니었다.

생각해 보니 내가 결혼할 때도 동료들이 내게 많은 축하를 건넸다. 친하지도 않았는데 이상하게도 다들 기뻐해 주었다. 참 특별한 경험이었다. 그 당시 나는 일방적으로 축하를 받는다고 생각했다. 그때를 떠올려 보니 '그들도 나와 기쁨을 공유했겠구나' 하는 생각이 들었다. 결혼이라는 나의 인생 행사에 다른 동료들이 초대되어 함께 즐겼던 것이다.

우리는 평일 하루 중 무려 삼분의 일 이상을 회사에서 보낸다. 그 긴 시간을 함께하는 존재들이 바로 동료들이었다. 한때 '동료 = 남'이라고 생각했지만, 회사를 다니고 있는 한 그 등식은 참이 될 수 없을 것 같았다. 우리는 기쁨과 슬픔을 함께 나눌 수밖에 없는 관계였다.

회사 동료라는 존재는 그렇게 나와 연결되어 있었다. 우리는 그렇게 기쁨이라는 감정을 공유했다. 나도 모르는 사이에 유대감은 이미 한곳에 자리했다. 내가 그저 몰랐을 뿐이었다. 나는 혼자라고 생각했지만, 혼자가 아니었다. 물론, 당신도 마찬가지다.

10

나는 회사에서 외롭다

월요일 오후 12시 반, 회사 동료들과 점심을 같이하고 있었다. 점심 멤버는 나를 포함해 같은 팀원 세 명이다. 밥 먹는 동안 많은 이야기를 나누었지만, 점심시간이 끝날 무렵이 되면 기억에서 금방 사라진다. 그렇게 동료들에게 둘러싸여 있다가 자리에 앉으면 이상한 외로움이 들곤 했다. 분명 나는 사람들과 이야기를 했고, 심지어 재미있었다. 그런데 우리는 같은 팀원이지만 엄연히 회사라는 테두리 안에서 만난 사람들이다. 유대감이 아예 없는 건 아니지만, 그렇다고 깊다고도 볼 수 없다. 우리는 회사 매출 성장과 원활한 업무 수행이라는 이유로 만난 사이다.

나의 외로움의 근간에는 '고립'이라는 단어가 있었다. 내가 과연 진정 이 팀에 속해 있는 걸까? 사람들과 진심으로 소통하고 있는 걸까? 하는 의문이 들었다. 이런 생각이 이어지자, 나는 이 회사 어디에도 속해 있지 않다고 느껴졌다. 내 명함만 보면 이 회사

소속이 맞고 같은 팀인데도 나는 홀로 남겨져 있는 ‘고립’ 상태였다. 그렇다고 항상 외로움을 느끼는 건 아니었다. 회사에도 마음이 맞는 몇몇 동료가 존재했다. 나와 다른 부서였지만, 그래도 꽤나 잘 맞았다. 그런데 잘 맞는 동료의 얼굴은 매번 바뀌곤 했다. 이직을 하고 나서 연락이 두절되는 경우도 있었고, 서로 업무가 바빠 관계가 유지되지 못할 때도 있었다.

중요한 건 회사에서 만나는 동료의 성향에 따라 나는 외로워하기도 했고, 그렇지 않기도 했다는 점이다. 내게는 편안한 세팅이 중요했다. TFT 구성할 때 내게 권한이 주어지면, 그가 내 입맛에 맞는 팀원인지, 성향이 어떤지 꼼꼼하게 살펴보고 진행했다. ‘너무 편안한 것만 추구하나?’ 하는 의심이 문득 들기도 했다. 마치 뷔페 식당에서 뭘 먹을지 고민하는 것처럼 누가 나의 입맛에 맞는 팀원인지 고르는 선택 같았다. 맞지 않는 사람과 어쩔 수 없이 일하는 건 고역이었다. 그런 사람이 많아지면 나는 낮은 유대감 속에서 혼자임을 느꼈다.

어느 날 문득, 나의 불행이 사내 동료가 누구냐에 따라 좌지우지된다는 생각이 들었다. 그런 모습은 과거 회사에서 ‘피해자’로 살아온 나였다. 그냥 환경 세팅에 따라 나의 결과가 정해져 있다면 나의 불행을 환경에만 맡겨 놓은 꼴이었다.

답은 자신에게 있다. 나는 무엇을 할 수 있을까? 나에게는 그룹이 필요했다. 믿고 의지할 수 있는 누군가가 필요했다. 답은 의외로 간단했다. 나로부터 시작하면 될 일이었다. 내가 좋아하는 그룹의 첫 번째 일원이 되는 것이다. 사실 처음에는 불안했다. 하지만 어차피 인간은 누구나 불확실하다. 오히려 나라는 강력한 뿌리가 생기면, 안정적으로 변한다. 거기서 유대감이 좋은 사람들이 늘어나면 이건 일종의 보너스가 되는 원리였다. 내가 나 자신에게 좋은 동료이자 친구가 되는 것이다.

환경에 따라 내가 고립된 상태를 만든다는 건 어쩌면 물컹한 진흙 위에 건물을 하나하나 올리는 격이 될 수 있다. 내가 그랬다. 최근에는 그래도 많이 자제하고 있지만, 나의 리더십과 업무 능력, 여러 가지 행동들에 대해 남들로부터 피드백을 받는 걸 즐기듯 적극적으로 하곤 했다. 어떤 면에서는 이게 맞다고 생각했다. 내가 모르는 나의 행동과 성향 등등을 알려면 그렇게 하는 게 합리적이라 판단했는데, 사실 나의 목적은 불순했다.

나는 그렇게 인정받고 싶어 했던 셈이다. 그리고 그런 발상과 행동이 위험했던 이유는 나 자신이 주는 피드백이 거기에 없었기 때문이다. 온전히 남이 하는 평가, 피드백에 의존했던 것이었다. 나의 리더십과 업무 역량, 커리어 방향에 대한 시작점을 나에게서 찾는 게 아니라 타인으로부터 얻으려고 했다. 믿을 만한 주변 사람들에게 피드백을 받는다는 건 분명 좋은 일이다. 그런데 전제조건이 필요하다.

내가 시작점이 되어야 한다. 내가 나를 살펴야 한다. 그렇지 않으면 주변 사람들의 다양한 의견에 나 자신이 희미해지거나, 어쩌면 다른 사람이 원하는 내가 될 수 있다. 나만의 리더십, 인생 방향, 인생 목적이 나의 내면에서 형성되고, 시작되어야 한다. 그렇게 되면 시선을 밖에 놓아도 자신의 온전한 중심이 흔들리지 않을 것이다.

불안감과 두려움에 탁해진 나를 한번 문질러 볼 뿐이다. 진정한 나를 찾아보려는 아주 보잘것없는 시도인 것이다. 의외로 내 안에 수북하게 쌓인 묘한 감정들과 망상들, 타인에 대한 의식과 의존 때문에 나라는 존재가 얼마나 빛나는 존재인지 잊고 살았던 건 아닐까. 어쩌면 단 한 번도 빛나는 나를 느껴보지 못했을지도 모른다.

내가 시작점이 된다면 타인으로 인해 관계가 끊어질지라도 괜찮게 된다. 나는 나와 항상 연결되어 있기 때문이다. 내가 다시 시작하는 연결점이 된다. 그 무엇과도 연결되어 있지 않는 게 아니다. 내가 없는 연결은 무수히 많은 사람과 연결되어 있어도, 나와 연결된 게 아니라 나의 껍데기가 다른 사람과 연결되어 있는 것이다. 즉 또 다른 성격의 고립일 뿐이다.

나와 내 내면을 연결하기 위해 상황을 바꿀 필요는 없다. Be yourself! 그거면 충분하다. 브레네 브라운은 자기 자신은 훌륭한 동료이며, 제일 먼저 기대해야 할 그룹이라면서 '진정한 소속감'이라는 표현을 썼다. 출근을 앞둔 늦은 밤, 작가의 글귀와 작가가 추천한 시를 당신에게 띄운다.

"진정한 소속감은 자기 자신을 바꾸길 요구하지 않는다. 그저 진정한 자기 자신이 되길 요구한다."

- 브레네 브라운, 『진정한 나로 살아갈 용기』

"어디에도, 그 어디에도 속하지 않는다고 깨달을 때 비로소 자유로워집니다. 그럴 때 어디에나 속한다고 느끼죠. 비싼 값을 치러야 하지만 커다란 보상을 얻게 됩니다."

- 마야 안젤루

11

내 안에 좋은 동료가 산다

올해 초 인사이동 시즌이 끝나고 아는 지인들과 식사자리를 했다. 그날의 화두는 좋은 동료에 대한 이야기였다. 한 지인이 직원들 경력이나 업무 수준이 높기로 소문난 기업에 입사했다. 거기다 잡플래닛, 블라인드의 평가에서 좋은 리더가 많다고 리뷰가 달린 부서에 운이 좋게 발령이 났다.

지인은 기대감에 부풀어 출근했다. 그런데 막상 겪고 보니 실상은 온라인 리뷰와 달랐다.

"네가 여기에 어떻게 들어왔는지 모르겠다."

"일 이런 식으로 하려면 지금 당장 나가!"

한 상사는 하루에 몇 번이나 소리를 질렀다. 지인의 자신감은 전 직장에서 고성과자로 분류되며 제법 높게 쌓여 있었는데, 그곳에서는 하루에도 몇 번이나 깎여 나갔다. 그런데 얼마 지나서 지인뿐만 아니라 다른 동료들에게도 똑같이 혹독하게 대한 상사는 인사이동으로 다른 부서로 갔다.

지인의 회사 내 동료 관계는 계속해서 잘 풀리지 않았다. 새로 등장한 인물은 사내 무임승차자로 유명한 동료였다. 그는 상사 몰래 회사에서 자신의 인스타그램과 페이스북에 글을 올리기 바빴고, 해야 할 일은 어떻게든 핑계를 대서 지인에게 떠넘겼다. 입사 초기 지인은 맡은 업무만으로도 벅차했다. 그래도 이직한 지 얼마 되지 않았던 터라 울며 겨자 먹기 식으로 또 일을 받아야 했다. 그런데 그 무임승차자는 회사에 중요한 몇몇 업무를 맡아 기가 막히게 처리해 고과는 정말 잘 챙겼다. 그가 최우수 직원으로 뽑혔을 때 지인은 정말 소름이 돋았다고 했다. 그런데 결국 그 직원은 업무량이 적은 게 발각돼 사내에서 업무 강도가 가장 센 부서로 발령 났다.

직장인에게 회사에서 꼭 갖고 싶은 것 중 하나는 좋은 동료다. 좋은 동료라 하면 역량도 좋고 인성도 좋은 팀원을 말한다. 이런 동료와는 항상 함께 일하고 싶다. 역량이 좋기 때문에 내가 업무 면에서 많이 기댈 수 있다. 그리고 업무 스킬이 좋으면 확실히 같이 일하기도 편하고 배울 점도 많다. 같이 일하면 즐겁고 팀 성과가 잘 나와서 여러 가지 도움이 많이 된다. 거기다 인성까지 좋아서 서로 존중과 배려를 아끼지 않는다면 더할 나위 없다.

그런데 한 가지 문제점이 있다. 좋은 동료를 만나는 건 내가 선택할 수 없다. 지인이 다니는 회사는 국내에서 최고 수준의 대기업에다가 잡플래닛 리뷰도 매우 높다. 내 생각에도 해당 업계에서 그곳보다 더 좋은 회사는 없다. 그렇기 때문에 그곳에 국내 최고 인재들이 몰린다. 다들 경력도 화려하다고 한다. 그런데 내 옆에 좋은 동료를 항상 보장해 주지는 않는다.

즉, 좋은 동료를 만나는 건 어느 기업이든 어느 부서든 불확실성에 의존한다. 그렇기 때문에 나는 확실한 방향으로 고민을 해 보았다. 일단 내가 먼저 좋은 동료가 된다면, 적어도 팀 내에 한 명은 믿고 의지할 만한 존재가 생기겠다는 생각이 들었다. 최근 들어 팀을 5~10명의 소수로 구성하는 게 일종의 트렌드이다. 작은 그룹일수록 한 명의 영향력은 매우 크다. 좋은 동료들과 만나서 좋은 영향력을 듬뿍 받으면서 일하면 좋겠지만, 나에게 주어진 현실은 불확실하다. 좋은 영향력을 받을 가능성은 장담할 수 없다. 그렇기 때문에 확실한 것에 기댈 필요가 있다. 다행히 내가 어떤 사람이 될지는 스스로 선택할 수 있다.

항상 매 순간 좋은 동료가 되라는 말이 아니다. 어제보다 나은 내가 되고, 작년보다 더 성장한 나면 충분하다. 한 가지 분명한 사실은 내가 먼저 팀 내에서 좋은 동료로 거듭난다면, 나로부터 시작된 선순환이 돌아가기 시작한다는 것이다. 팀 내 동료들 간에는 서로 강력하게 영향을 주고받는다. 그리고 그 혜택은 내가 다시 누릴 확률이 높다.

회사에서 내가 동료들에게 흘려보낸 좋은 영향력들은 선순환해서 나에게 돌아오는 경우가 많다. 때로는 그 시간이 오래 걸릴지도 모르지만, 반드시 돌아오게 되어 있다. 우연이라는 이름으로 이 회사를 벗어나 다른 곳에서 드러날지도 모른다. 내가 그랬다.

나와 함께 일했던 직원이 있었다. 내가 어떤 동료였는지는 잘 모르겠다. 그저 할 수 있는 만큼 최선을 다했다. 그랬더니 작년 내가 올린 성과들 중에 그 사소한 인연이 이어져서 우리 회사를 살리는 정도의 도움을 받은 적이 있었다.

그리고 한 가지 깨달은 사실은 좋은 동료가 항상 도움이 되는 건 아니고, 내가 별로라 생각했던 동료가 가끔 나에게 큰 도움이 되기도 한다는 점이다. 사람을 둘러싼 환경은 끊임없이 변하기 마련이고, 인간은 적응의 동물이라 상황마다 달라진다. 이런 불확실함 속에서 중요한 건 '내가 누구와 함께하는가'가 아니라 '내가 누구인가' 하는 문제였다. 적어도 내가 어떻게 하는 사람인가에 따라서, 내 옆의 누군가가 결정이 되는 경우도 꽤 있었다. 그리고 내가 악순환의 연결고리를 끊어 내는 인물일지, 아니면 팀 내에서 선순환의 시작점으로 남을 배역일지는 상당 부분 나에게 달려 있다고 생각한다.

그리고 더 중요한 건 내가 좋은 영향력을 미칠수록, 성과가 높아질수록, 나는 리더 역할을 하게 될 가능성이 높아지고, 내가 미치는 영향력이 더 커지게 된다는 사실이다. 그러면 결국 더 큰 선순환의 가능성이 내 손에서 만들어질 수 있다.

당신도 분명 몸담은 회사가 잘 돌아가길 바랄 것이다. 그렇다면 내일 출근길에는 익숙하지만 왠지 낯선 누군가가 당신과 동행할지도 모르겠다. 당신의 가장 애틋하고 믿음직한 동료, 바로 당신 말이다. 누구보다 든든한 동료와 행복한 하루를 보내길 바란다.

12

진심 어린 침묵의 가치

친한 동료와 저녁을 먹기로 했다. 그가 다른 곳으로 이직을 한 뒤라 오랜만에 보는 자리였다. 그가 다니는 회사는 업무가 굉장히 빡빡하게 돌아갔다. 회사에 외국인들이 많아 대화나, 보고서 등 영어를 써야 할 일이 많았다. 그는 괜찮은 능력을 지닌 토종 한국인이었다. 그런데 영어와 상관없는 생활을 하다가 갑자기 그런 환경에 놓인 것이다. 업무는 왜 그리 힘든지, 거의 매일 야근의 연속이었다. 일찍 출근하고 늦게 퇴근하는 일상이 반복되고, 회사 생활 때문에 매우 지쳐 있었다.

그는 나를 보자마자 회사에 대한 불만을 쏟아 냈다. 그날 있었던 상사와의 갈등, 영어 문제를 이야기했다. 내일이 올까 봐 침대에 눕는 게 두렵다는 말도 잊지 않았다. 순간 내 머릿속은 요즘 심취해 있는 아들러 심리학의 이론들로 가득 찼다. 긍정심리학도 떠오르고, 최근에 읽은 책들, 상담사가 나에게 해 준 말들 등 다양한 해결책들이 떠올랐다. 그리고 약 6분 동안 그에게, 마치 고객사에 제안 발표를 하듯이 떠오른 생각들을 쏟아 냈다. 말을 마치자, 약 1분간 침묵의 시간이 왔다. 그가 얼굴을 살짝 찡그렸다. 그리고 약간 감정 섞인 말투로 힘없이 이야기했다.

"그건 아는데, 잘 안 돼. 그냥, 다 힘들어."

우리는 1분간 서로 시선을 회피하면서 먹는 데 집중했다. 그와의 자리는 음식만큼이나 빠르게 식어 갔다.

나는 심리학, 코칭 책, 명상 등을 통해 인생을 어떻게 하면 행복하게 살아갈 수 있을까 고민하고 있다. 그러다 보니 삶은 명상, 상담 등으로 가득 찼고, 그것들을 나 자신에게 적용해 보곤 했다. 그럴 때마다 생각한 대로 잘 작동됐다. 하지만 내 안에 나만의 생각이 너무 많은 게 문제였다. 나 자신에게 하는 건 괜찮은데, 누군가의 이야기를 경청하는 데는 방해가 되었다.

경청이란 누군가의 생각과 감정을 내 안에 온전히 담는 행동이다. 누군가의 이야기를 온전히 내 안으로 가져와야 우리는 공감이란 걸 하게 된다. 대화 상대방에게 공감은 온전히 이해받고 있다는 느낌을 갖게 해 준다. 그런데 나는 서로 이야기를 나누면서도 나만의 생각으로 가득 차 있었다. 그렇기 때문에 그의 마음을 내 안에 담기도 전에 반사적으로 나만의 생각이 튀어나왔다. 이런 상황이라면 상대방 입장에서는 바로 방어적인 자세를 취할 수밖에 없다. 누군가의 이야기를 듣기 위해, 내 안의 생각을 잠시 꺼 놓아야 한다. 그냥 있는 그대로 들어야 한다. 그리고 상대방의 감정과 생각으로 잠시 들어가 상대방에게 어떻게 하고 싶은지 물어봐야 한다. 해결책을 이야기할지 말지는 그다음의 문제다.

예전에 한 상담사가 나에게 한 가지 사실을 알려 주었다. 상담사가 심리 지식이 아무리 많아도, 듣는 이가 귀를 기울일 준비가 되지 않았다면 치유를 통해 변화를 만들어 낼 수 없다고 했다. 자신의 마음이 다른 무언가로 가득 차 있다면 귀를 기울일 수 없게 될 뿐만 아니라, 그 상태에서는 아무리 좋은 말, 좋은 이론일지라도 다 무용지물이 된다고 했다. 그리고 마음을 비우기 위해서는 자기 자신에게도 훌륭한 경청자가 될 필요가 있다고 했다. 내가 지금 무슨 생각을 하고 있고, 어떤 감정에 있는지 인지할 수 있는 사람인지 스스로의 목소리를 들어야 한다고 했다. 자신의 목소리를 듣는다는 건 곧 마음이 비어 있다는 이야기이기 때문이다.

경청이면 충분하다. 나에게 있는 무언가를 주려는 게 아니다. 칭찬이나, 그럴싸한 위로의 한마디가 필요한 게 아니다. 그저 상대방을 담을 수 있는 마음 하나로 충분하다. 허구로 가득 찬 말보다, 진심 어린 침묵이 훨씬 이롭다.

"올바르게 말하려면 먼저 자신과 상대를 주의 깊게 관찰해야 합니다. 그러면 서로를 이해할 수 있고 서로의 고통을 덜어 주는 대화를 나눌 수 있습니다."

– 틱낫한, 『소음으로 둘러싸인 세상에서의 침묵』

13

연리목의 땅속 풍경

리더 역할을 하거나 동료들과 팀워크를 하다 보면 우리는 갈등과 마주치게 된다. 그중 같은 팀 직원들 간의 갈등 속에서 내가 중재 역할을 해야 할 때면 참 난감하다. 그 상황에 대한 이야기다.

한 회사가 있었다. 그리고 한 팀에 개발을 담당하는 김서버, 기획을 담당하는 이기획이 있었다. 김서버와 이기획은 서로 성향이 달랐다. 김서버는 이기획이 맨날 말끝을 흐리고 답답하게 소통한다며 못마땅해했다. 이기획은 또 김서버가 너무 말을 막하는 경향이 있고 매사에 배려심이 별로 없다며 좋아하지 않았다. 그러던 둘이 신규 서비스 개발 프로젝트를 진행하게 되었다. 프로젝트가 진행되던 중에 김서버는 개발적인 실현 가능성과 염려가 되는 속도 저하 등의 예를 들며 기획이 마음에 안 든다고 말했다. 이기획은 그렇게 기획을 해야 사용자가 잘 찾아온다고 받아쳤다. 프로젝트 내내 둘의 의견은 평행선을 달렸다.

그러던 어느 날 김서버가 이야기했다.

"왜 이기획 님은 맨날 제 의견에 반대만 할까요? 서로 생각이 다를 수 있다고 생각하긴 하는데, 제가 보기에 반대를 위한 반대만 하는 것 같아요."

이기획도 이에 질세라 날카롭게 반응했다.

"반대를 위한 반대라고요? 그쪽이 너무 자신만의 프레임워크에 프로젝트를 맞추려 해서 그런 거 아닙니까. 그러니 평범한 서비스만 나오죠."

그렇게 시작된 감정싸움은 점점 수위가 높아졌고, 누가 먼저랄 것도 없이 서로에게 소리를 질렀다. 둘은 그렇게 싸우다가 주변을 의식하고 돌아갔지만 갈등은 여전히 그 자리에 남아 있었다.

둘의 중재를 맡은 당신은 어떻게 해야 할까? 일단 여기서 누가 잘못했는지는 중요한 게 아니다. 왜냐하면 잘못을 따지는 일은 이러한 상황을 만든 가해자와 피해자가 있다는 것을 전제로 하기 때문이다. 그런데 보통 이런 갈등 상황은 가해자, 피해자를 딱 나누기가 애매하다. 이미 서로 입장 차이가 다르고, 업무 면에서 봤을 때도 서로가 당연히 해야 할 말들을 했다. 그리고 어느 정도는 자신의 관점을 분명하게 이야기하는 게 좋은 서비스를 만드는 자양분이 된다. 그렇다면 어떻게 해야 할까?

갈등 상황을 잘 정리해 보자. 김서버와 이기획은 서로 상대방에게 문제가 있다고 생각했다. 즉, 상대방이 잘못해서 이러한 상황이 만들어졌다고 생각한 것이다. 자신은 피해자, 상대방은 가해자, 이런 프레임워크를 갖고 있다. 그렇기 때문에 서로 싸우는 동안 왜 자기가 피해자고 상대방이 가해자인지 계속해서 설명하게 된 것이다.

이 상황에서 서로 대화를 하면 할수록 감정의 수위는 점점 높아지게 된다. 갑갑하기 때문이다. 퇴근하고 나서도 이런 상황만 떠오르면 그 당시 억눌렸던 감정의 잔재들도 함께 부유하게 된다. 옛날 방식대로 손을 내밀어 서로 사과하며 끝내도 그다지 소용은 없을 것이다. 저 사람은 가해자, 나는 피해자라는 생각이 바뀌지 않는 한 문제를 덮어 두는 방식밖에 되지 않기 때문이다.

결국 자신이 피해자이지만 가해자 역시 될 수도 있다는 사실을 깨닫게 해야 한다. 서로 상대방의 잘못에만 집중하게 되면 계속해서 감정이 격해질 수밖에 없다.

그런데 어떻게 깨닫게 해야 할까? 일단, 서로 감정이 완화된 상태에서 이야기하는 게 중요하다. 사실 이것만으로도 문제가 해결될 수 있다. 감정 때문에 시야가 좁아져서 상황 파악이 잘 안 된 걸 수도 있기 때문이다. 그렇다면 그들의 감정이 누그러진 후 누군가의 중재 하에 그들의 입장을 바탕으로 자신이 피해자일 수 있지만, 가해자일 수도 있다는 사실을 잘 설명해 주는 게 최선의 방법이 될 수도 있다.

하지만 모든 갈등이 이런 식으로 해결되는 것은 아니다. 감정도 누그러졌고, 중재 하에 가해자 피해자 구도에 대한 이야기를 들었는데도 서로 싫어하는 마음이 여전히 남아 있고, 만약 그게 당사자들의 과거 피해 의식 등과 결부돼 있다면, 이건 중재를 통해 해결할 수 있는 선을 넘어선 문제가 된다. 이 경우는 전문 심리 상담사의 영역이다. 만약 갈등의 상황에서 그런 부분을 발견하면 자기 선에서 해결하지 않는 게 좋다. 갈등은 현재에 벌어지고 있지만 방어 기제, 피해 의식, 과민 반응 등은 과거의 경험, 트라우마로부터 올 가능성이 높기 때문이다. 이 같은 뿌리 깊은 갈등의 경우는 전문가의 심리 상담이나 인사 조정 등을 통해 해결하는 방법밖에 없다.

우리는 연리목의 땅속 풍경을 잘 모른다. 누군가의 갈등 또한 그렇다. 땅을 파헤쳐 들여다보려 하다 보면 나무가 다칠 수도 있다. 당신도 나도 누군가의 경험과 기억이 담긴 심장을 어루만지는 데는 한계가 있다. 그러니 당신은 풀 수 없는 갈등을 품고 퇴근하는 일이 없었으면 좋겠다.

14

그 사람은 그 사람이 아니고

야구를 주제로 한 드라마 「스토브리그」를 즐겨 보고 있다. 다양한 역할의 배우들이 등장하지만 마음이 가는 인물은 실질적인 구단주 권경민 역할을 맡은 오정세 배우였다.

권경민은 악역으로 분류된다. 드림즈 모기업의 상무 직위에 있기도 한 그는 궁극적으로 야구팀을 해체하려고 한다. 드라마 9화까지의 흐름을 보면 그의 찌푸린 표정이 자주 나타난다. 전체 선수단의 연봉 30%를 삭감하고, 주인공인 백승수를 해고하는 등 주인공이 하는 일을 사사건건 방해한다.

처음 내 마음속에 떠오른 단어는 '나쁜 놈'이었다. 성격도 별로 안 좋고, 상사가 시키는 대로 하고, 필요에 따라 자기 부하 직원을 짓밟는 나쁜 상사였다. 그러다 회차를 거듭할수록 권경민 관점에서 펼쳐지는 장면들이 나오기 시작했다. 10화에서는 그의 아버지가 옆집 가축 시설을 봐주다가 사고를 당한 이야기가 나온다.

그는 왜 우리 집은 안 좋은 소식만 전하냐고 소리치면서, 설움을 토해 냈다. 그 와중에 기업 오너 아들인 권경준으로부터 부모님에 대한 모욕을 당한다. 그는 분노에 휩싸여 권경준에게 주먹을 휘두르며 해서는 안 되는 일을 저지르고 만다. 순간, 나는 그가 안타깝게 느껴졌다. 머릿속에서 권경민이라는 캐릭터가 나쁜 놈에서 복잡한 사연을 품은 입체적 인물로 바뀌는 찰나였다. 드라마에 깔린 그를 둘러싼 문제들이 잘 해결되었으면 하는 바람마저 생겼다.

권경민에 대한 반응처럼 회사에서 동료, 상사와 일할 때면 내 안의 평가판에는 다양한 내용이 빠르게 기록됐다. 좋은 동료인지, 나쁜 동료인지, 아니면 일을 잘하는지 못하는지, 게으른지 부지런한지, 리더십이 좋은지 나쁜지 등등 무수히 많은 평가 속에 동료, 상사를 집어넣었다. 그리고 평가가 끝날 무렵이면 상대방은 마치 오랫동안 만나 잘 아는 사람처럼 둔갑해 있었다. 예를 들어, 평가가 끝나면 나는 그사람이 부지런하지만 일은 그다지 못하는 직원이라 단정하고 그대로 믿어버리곤 했다. 평가 결과는 빠른 시간 내 쉽게 바뀌지 않았다. 그런데 1~2년 그들과의 시간이 길어질수록 내가 잘못 평가한 부분이 자주 드러나곤 했다.

한 동료가 게으른 줄 알았다. 그런데 그는 당시 집에 큰 우환이 생겨 2주 동안 업무에 집중하지 못하던 것이었다. 알고 보니 업무에 강한 책임감을 갖고 정말 열심히 일하는 사람이었다. 사실 나는 그에 대해 전혀 몰랐다. 내가 몰랐던 이유는 미리 누군가를 판단해 버리고, 그 선입견이 잘 깨지지 않았던 데 있었다. 「스토브

리그」 권경민의 경우는 그나마 그 사람의 관점에서 사정을 알려주니까 그에 대한 판단을 금세 바꿀 수 있었지만 현실에서 나의 시야는 제한되어 있었다. 거기다 선입견은 나의 관점을 더 좁게 만들었다. 내가 깨달은 사실은 누군가에 대해 안다고 생각하는 건 매우 위험한 발상이란 점이다. 저 사람이 그렇게 행동하니까 게으를 거야, 일 잘할 거야, 리더십이 있네, 없네 하는 따위의 성급한 결론은 진실과 더 멀어지는 행동에 불과하다.

「스토브리그」를 비롯한 요즘 드라마들을 보니 캐릭터가 입체적으로 변했다는 생각이 들었다. 1990년대 드라마에서는 극 중 선한 인물과 악한 인물의 경계가 분명했다. 가난하지만 성실하게 사는 착한 캐릭터, 능력 좋고 외모도 훌륭한 부잣집 왕자님 캐릭터, 이 둘 사이를 갈라놓으려는 분명한 악역 캐릭터. 이 세 가지 설정 아래에서 각 캐릭터는 자신의 성향에서 한 치의 오차 없이 역할을 수행했다. 그런데 요즘 드라마들을 보면 누가 악당이고 누가 선한 역할인지 헷갈릴 때가 많다. 권경민이나 조커처럼 말이다. 그들의 삶을 따라가다 보면 욕을 하다가도 어느 순간 응원하게 되는 캐릭터로 돌변하게 된다. 그들에 대한 마음의 변화는 내가 저 상황이었으면 똑같이 행동했겠지, 하는 공감에서 비롯된다.

왜 캐릭터들이 이렇게 입체적으로 변했을까? 그 이유는 시청자들이 드라마 속 세상을 현실처럼 느끼고 거기에 더 공감하기 때문이다. 그러다 보니 몰입도도 높다. 결론적으로, 드라마가 현실을 더 잘 반영한 결과다.

사실 이 세상에는 항상 나쁜 사람도, 항상 좋은 사람도 없다. 상황과 맥락에 따라 누군가에게 좋은 사람이 될 수도, 나쁜 사람이 될 수도 있다. 딱 잘라서 재는 저래, 그래, 이래 하며 누군가를 판단하기에는 우리가 보유한 정보가 별로 없다. 누군가를 판단하기 전에 그 사람 입장이나 관점에서 생각할 때 우리는 진실에 더 다가갈 수 있을 것이다.

일단 잘 모른다 여기고, 판단하기보다 질문하는 게 낫다. 눈에 거슬리는 행동을 했을 때 그 행동을 왜 했는지, 지금 어떤 일을 어떻게 하고 있는지 맥락을 알아야 한다. 그래야 비로소 우리 옆에 있는 상사나 동료가 진짜 어떤 사람인지 보이기 시작하지 않을까 싶다.

4 단계
거리두기
그 이후

1

회사에서 하는 보물찾기

회사는 내게 연봉을 준다. 나와 회사의 관계는 근로계약서를 기준으로 보상과 대가, 두 단어로 설명이 가능하다. 회사는 내게 돈이라는 보상을 주고, 나는 그 대가로 회사에 노동을 제공한다. 시간으로 따지면 출퇴근 시간, 점심시간까지 포함해 하루에 무려 11시간. 5일 근무를 가정했을 때 55시간을 회사에 준다. 자신의 시간이 아깝게 느껴져서인지는 모르겠지만, 연봉은 대부분 직장인에게 적게 느껴진다.

연봉이 두 배 오른 사람도 마찬가지다. 한두 달 지나면 어느새 언제 그랬냐는 듯 그 연봉에 적응하게 되기 때문이다. 주변에 더 많이 받는 사람이 훅하고 들어오면, 연봉 크기는 금세 작게 느껴진다. 우리가 회사에서 받는 게 고작(?) 돈밖에 없다면 어쩔 수 없이 불만을 품은 채 살아가는 안타까운 현실에 직면할 것이다. 그런데 우리는 연봉 말고 회사에서 많은 것을 얻어 갈 수 있다. 당장 떠오르는 건 기술과 경험이다. 개발자라면 지금 회사가 개발하고 있는 코딩, 요즘 화두가 되고 있는 인공지능 기술, 그 외 수많은 경험들은 참 매력적인 보상으로 다가올 것이다.

회사에서 주는 보상은 눈에 보이는 것과 보이지 않는 것으로 나눌 수 있다. 연봉, 기술, 스킬, 경험은 눈에 확연히 드러나는 보상이다. 눈에 보이기 때문에 우리는 보상의 가치가 얼마나 큰지, 나에게 도움이 되는지 쉽게 평가할 수 있다. 그런데 다음과 같은, 눈에 보이지 않는 보상 세 가지도 회사에서 잘 받고 있는지 한번 냉정하게 따져 봐야 한다.

눈에 보이지 않는 보상 세 가지: 유대감, 의미, 정신 모델(Mindset)의 성장

눈에 보이지 않는 보상 첫 번째는 유대감이다. 넷플릭스 인사 최고 책임자가 말했다. 핵심 인재에게 최고의 보상은 탁월한 동료라고 말이다. 우리가 어떤 회사에서 어떤 대우를 받고 있는가도 중요하지만, 누구와 함께 일하고 있는지 역시 매우 중요하다. 탁월한 동료라면 역량과 경험치가 높아서 배울 점이 많고, 일하기가 편하다는 장점이 있다. 그런데 이게 다가 아니다. 동료와 일하는 유대감, 팀워크로서의 끈끈함, 좋은 동료를 만난다는 것은 인생에서 소중한 인연을 만나는 기분일지도 모른다. 그리고 개개인의 역량이 미미한데도 끈끈한 유대감으로 문제들을 하나하나 해결했을 때는 일종의 감동을 느끼기도 한다.

오히려 역량이나 성과는 크지만 팀워크, 존중, 배려 같은 보이지 않는 가치에 소홀한 동료를 만나면 팀원들에게는 보상이 아니라 재앙이 될 수도 있다. 탁월한 능력이 있기에 개인적인 생산성은 매우 높지만, 팀으로 움직일 때는 악영향을 끼칠 수 있기 때문이다. 이처럼 서로가 마음껏 소통하고, 배려하고, 존중하면서 생기는 유대감은 우리에게 이루 말할 수 없는 보상으로 다가온다. '나는 팀에서 어떤 존재인가?' '나는 유대감을 높이는 데 어떤 역할을 할 수 있을까?' '나는 동료에게 유대감 측면에서 어떤 존재일까?' 이런 질문들은 유대감이란 보상을 받고 싶다면 한 번쯤은 꼭 해 볼 필요가 있다.

두 번째 보상은 의미이다. 회사는 내가 세상과 연결되는 통로다. 회사의 제품과 서비스는 세상에 어떤 영향을 끼치고 있을까? 나는 과연 어떻게 그 영향력에 기여하고 있을까? 나를 넘어선 더욱 커다란 무언가에 연결되어 있다는 것은 나에게 커다란 의미로 다가온다. 업무 등으로 인해 세상이 변화하고 있고, 누군가에게 긍정적인 영향을 준다는 것은 나에게 정말 많은 정신적인 보상으로 다가온다. 의미 있는 일을 하고 정신적인 보상으로 다가온다면, 나는 더욱더 높은 수준의 동기부여를 얻게 된다. 그 동기부여를 통해 업무에 더 집중하고, 빠른 시간 내에 더 많은 경험을 할 수 있다. 즉, 선순환이 일어나는 보상이다.

물론 사업을 통해서 매출을 올리는 것은 중요하다. 회사가 큰 투자를 받고 국내외에서 인정받는 것도 물론 중요하다. 하지만 그 모든 것들이 결국은 사회에 악영향을 끼치는 제품과 서비스로 귀결된다면 개인에게는 어떻게 다가올까? 최근 들어 사회적 가치를 지향하는 기업에 가 보면 같은 규모, 비슷한 환경의 일반 중소기업과 비교했을 때 대기업에서도 쉽사리 보기 힘든 최고의 인재들이 몰려들고 있는 현상이 눈에 띈다. 단순히 재무적 가치 위에 사회적 가치라는 눈에 보이지 않는 가치를 지속적으로 제공하고 있기 때문에 인재가 몰려드는 것이다. 내가 일하고 있는 이유는 무엇인가? 나는 어디에 기여하고 있는가? 이 사회에서 나는 어떤 존재인가? 이런 질문들에 대해 회사로부터 명확한 답을 얻을수록 우리가 느끼는 사회적 보상은 이루 말할 수 없이 늘어난다.

정신 모델의 성장도 빼놓을 수 없다. 이 회사는 나의 커리어 성장에 어떤 역할을 할까? 개발자라면 기술에 대한 경험, 코딩 스킬 등을 배울 수 있다. 기획자라면 유저의 니즈를 잘 발굴하고, 서비스에 녹여 내는 과정에 대한 경험을 얻을 수도 있다. 다니고 있는 회사에서 그런 기회를 얻을 수 있는지 생각해야 한다. 나의 스킬과 기술을 높이는 환경은 매우 중요하다. 그런데 잊지 말아야 할 사실은 단순히 눈에 보이는 스킬, 기술만 중요한 게 아니라는 점이다.

어쩌면 그것만큼 더 중요한 건 정신 모델, 또는 마인드셋이다. 최근 유튜브, 구글 검색 능력 등의 발달로 웬만한 고급 정보들도 인터넷에서 파악하는 일이 가능하다. 기술적 우위는 더 이상 기업의 지속 가능성을 장담해 주지 못한다. 특정 기술과 스킬 수준이 굉장히 높아지고 있다고 무조건적인 성공을 의미하지는 않는다. 그런 전문성이라는 정보 덩어리는 세상에 너무도 쉽게 퍼진다. 그리고 세상은 쉽게, 빨리 변하고 있다. 우리도 이런 세상의 흐름에 맞추면서 변해야 할 필요가 있다. 그래서 성공적인 변화를 이끌 수 있는 정신 모델을 갖는 게 중요하다.

"정신 모델이란 세상에 대한 우리 마음 깊은 곳에 있는 내면의 이미지, 사고방식, 행동 방식을 의미한다."

– 피터 센게, 『학습하는 조직』

정신 모델은 눈에 보이지 않는 숨겨진 역량이다. 내가 어떤 경험을 하거나 어떤 기술적 스펙을 쌓을 때 정신 모델은 일종의 가속장치 엔진 역할을 하게 된다. 예를 들어, 창업가 정신도 정신 모델 중 하나이다. 일단 시도해 보고 결과를 빠르게 도출한 다음, 계속 진행할지 아니면 다른 방법으로 진행할지를 고민하는, 실행력을 최상으로 여기는 마인드 말이다.

우리는 실패에 대한 두려움과 불안감으로 프로젝트 등을 진행할 때 몇 번이나 망설이게 된다. 하지만 그러한 내면의 장애물들을 극복하고 일단 한 걸음 실행해 나가다 보면 정말 다양한 경험들을 쌓게 되는 것이다. 어느 순간 변화는 두려움의 대상이 아니라 재미있는 놀이가 된다. 우리는 변화에 대한 적극적인 수용과 다양한 실행 뒤에 성장이라는 달콤한 열매를 맺는다. 세상이 어떻게 변해 가든 괜찮다. 그저 재미있는 장난감들이 더 생길 뿐이다. 현재 내가 지닌 스킬이나 기술이 언제 가치를 잃을지 불확실한 것이라면, 성장할 수 있는 정신 모델은 세상의 흐름과 상관없이 내게 좋은 영향을 끼치는 것이기에 중요하다.

회사에 나의 정신 모델을 키워 줄 훌륭한 멘토가 존재하거나, 아니면 이런 정신 모델을 성장시킬 수 있는 환경적 요소가 있다면 그것만으로도 정말 좋은 보상을 받고 있는 셈이다. 그리고 어쩌면 당신에게 고난과 고통을 선사하고, 그로 인해 정신적으로 강인해지고 있다면 그것 역시 당신의 정신 모델을 키우기에 좋은 환경이다. 내가 현재 세상을 바라보는 정신 모델은 어떠한가? 그리고 지금 이 회사는 내가 정신 모델을 성숙시키는 데 어떤 영향을 주고 있는가? 지나치게 나태해서, 아니면 말도 안 되게 너무 가혹해서 부정적인 영향을 주고 있는가? 아니면, 고난과 훌륭한 리더십으로 나를 성숙하게 만드는가? 여기에 어떤 답변을 하는지에 따라 회사가 우리에게 주는 진짜 보상의 실체가 드러날 것이라고 본다.

그것들이 당신의 앞날을 밝혀 주는 보물이 되기를 빈다.

2

일단 해 보면 달라진다

스타트업에서 부족(사람 부족, 돈 부족, 공간 부족 등등)은 일상생활이다. 그곳에서 오래 근무하다 보면, 부족이라는 단어에 매우 익숙해진다. 사람 수야 당연히 적고, 부족한 사람 수에 비례해 일은 많다. 그냥 많은 상태로 지속되면 좋은데, 점점 바빠지는 경우가 잦다. 특히 문과 출신에게는, 회사가 점점 성장하면 생소한 분야의 업무가 생기기 시작한다.

예를 들어, 인사, 재무, 투자 쪽을 하고 있는데, 기술 회사라 장비 관리에 대한 업무가 생길 수도 있다. 마케팅 쪽 니즈가 생겼는데 한 명이 전담하기에는 업무량 자체가 많지 않아 직원을 새로 뽑기보다는 기존 인력 중 누군가가 배우면서 때우는 경우도 많다. 아예 업무량이 폭발적으로 증가하면 무조건 뽑는 게 맞다. 그런데 애매하면, 기존 인력의 업무 범위를 조금 넓혀서 충당하는 경우가 비일비재하다. 내가 다닌 회사에서도 조금씩 그러다가 한두 명을 새로 뽑곤 했다. 넓은 업무 범위는 스타트업에 다니는 문과 출신의 운명이다.

넓혀진 새로운 업무를 엄청 잘할 수는 없다. 그래도 인터넷 검색, 외부 자문 등을 활용하면 금방 기본 수준에 도달한다. 즉, 할 수는 있다. 그래서 나는 문과에 해당하는 업무 범위의 일들이 오는 대로, 닥치는 대로 하게 되었다. 서비스 기획도 해 보고, 인사관리도 해 보고, 재무 쪽도 해 보고, 투자계약서도 작성하고, IR 자료도 만들고, 투자자와의 커뮤니케이션도 하고, 시장조사도 해 보고, 페이스북 페이지를 만들어 관리도 해 보고, 블로그를 기획해서 글도 작성하고, 어떤 정부 과제는 제안도 하고 발표도 하고 돈 관리도 하고 최종 평가까지 담당하기도 했다. 거기에 어설픈 브랜딩도 해 보고, 사업모델을 만들기도 했다.

업무를 늘려야겠다는 이야기를 듣고, 마지못해 합의하고 나면 걱정과 두려움이 몰려온다. 괜히 하겠다고 했나 싶기도 한다. 업무를 인수인계 받으면 앞으로 집에 못 가는 거 아닐까? 하는 걱정에 잠을 설치기도 했다. '이런 식으로 하면 저 당장 그만둡니다'라는 말이 입 밖으로 나가려는 걸 몇 번이나 틀어막았는지 모른다. 그럴 때마다 마음을 굳게 먹고 내린 결론은 '일단 해 보자' 하는 자기 다짐이었다.

사실 얼마나 업무가 많을지, 내가 그걸 잘할지 못할지는 나를 비롯해 아무도 모른다. 모르니까 알아 가는 과정이라고 편하게 생각하기로 했다. 하다 보면 결과가 나올 거라고 믿었다. 그리고 일이 감당할 수 없을 정도로 정말 많고, 내 능력이 부족할 경우 그때 가서 사람을 뽑으면 되겠지 하는 생각이 들었다.

그런데 막상 해 보니 생각보다 그렇게 많은 시간을 빼앗기는 일은 별로 없었다. 아마 누가 봐도 일의 양이 많이 늘어나면 사람을 채용하고, 그렇지 않다면 서로 조금씩 나누어 하는 선에서 회사는 굴러가는 모양이었다.

그래도 일의 양과 야근 횟수가 늘어난 건 사실이었다. 나는 야근하는 것을 좋아하지 않기 때문에 자연스럽게 시간당 생산성을 높이는 방법에 대해 몰두했다. 신기하게도 궁지에 빠져 이것저것 찾다 보니 꽤 쓸모 있는 것들이 구원투수로 나타났다. 에버노트 투두리스트 관리와 파이썬을 활용한 업무 자동화 등 다양한 해결책들을 발견했는데, 그것들은 인당 생산성을 기하급수적으로 높여 주었다.

다양한 분야의 업무를 하다 보니, 결국 업무의 본질은 비슷하다는 선물 같은 깨달음을 얻기도 했다. 그리고 이런저런 일을 할수록 기본기가 얼마나 중요한지 새삼 느끼게 되었다. 생각을 잘 정리해서 체계를 만들기, 우선순위를 생각해서 일하기, 업무의 목적 항상 생각하기, 잘 기록하고 공유하기는 업무가 되게끔 만드는 정말 중요한 요소들이었다.

'일단 먼저 실행해 보기'는 두고두고 생각해 봐도 나를 성장시키는 데 좋은 역할을 했다. 내가 인사 쪽 업무(채용, 평가, 보상, 퇴사, 교육 등등)를 맡았을 때 정말 아무것도 몰랐다. 외부에 자문도 구하고, 책도 보고 했지만 나를 비롯해 누구나 내가 잘하지 못하리라는 것은 잘 알고 있었다. 그래서 일단 닥치는 대로 맞닥뜨리며 실행하고 배우고, 다시 실행하고 고치고 하는 일을 할 수밖에 없었다. 그때마다 걱정과 두려움이 내 머리를 두 손으로 쥐고 있었다. 만약 내가 걱정과 두려움에 당장 실행하지 않고 '조금만 배우고, 조금만 더 배우고 하자' 하는 마인드였다면 아마 아무것도 못했을 것이다.

나의 배움은 부족했고 시기상조라 느꼈지만, 무식하게 실행했다. 평가 업무에 대해서는 잘 몰랐지만 OKR(Objective and Key Results, 성과관리기법)이니 KPI(Key Performance Indicator, 핵심성과지표) 따위들은 책 몇 권 보고 바로 기획했다. 구글에서 알려 주는 그대로 해 보기도 했다. 덕분에 죄 없는 직원들이 꽤나 고생을 했으리라 짐작한다. 그래도 우여곡절 끝에 나름 회사에 맞는 평가 방식을 만들어 냈고, 첫 1년은 정말 내가 생각해도 별로였지만, 그 1년의 실패 경험으로 많은 것을 깨닫게 됐다. 그다음 해에는 그냥 평범한 수준의 평가 기획 결과물은 나온 것 같다. 핵심 중 하나는, 지금 단계에서 너무 복잡한 평가보다는 단순한 평가 방식이 맞다는 것이었다. 그리고 OKR에 기반한 전사 성과 관리도 조금 더 용기 내서 도입했다. 물론 직접 또는 간접적으로 욕도 먹었다. 하지만 성장을 위한 보약이라 생각하고, 그냥 수용했다. 뭐 어쩌겠는가. 회사 형편에 대기업 출신의 화려한 경력을 지닌 HR을 데려올 수는 없는 노릇이었다. 그걸 핑계 삼아 나는 그냥 용기 내어 꾸준히 실행했다.

개인적 입장에서 봤을 때 '일단 먼저 실행해 보기'는 실패는 있을지 모르나 성장을 못하는 경우는 거의 없었다. 사실 실패가 압도적으로 많긴 했지만, 의외로 아주 가끔 기가 막힌 성과가 나오기도 했다. 그리고 그게 나를 더 성장시켰다. 역량 면에서 봤을 때 다양한 업무를 하다 보면 최고로 잘하는 분야는 없지만, 못하는 건 별로 없는 이상한 캐릭터로 성장했다. 뭐, 어찌 됐든 성장은 한 셈이다.

신기한 일도 있었다. 나는 그렇게 센스 있는 직원은 아니었다. 그런데 여러 일을 하고, 다양한 직군과 소통하다 보니 시야가 넓다는 이야기를 많이 듣게 됐다. 그리고 위에서 일을 시키기도 전에 미리 준비를 해 놓았는데, 센스 있다는 칭찬도 들었다. 센스? 다양한 일을 하다 보니 예전부터 늘 지니고 다니던 것처럼 익숙해졌다. 어쩌면 나 혼자만의 생각일 수도 있다.

잡다한 커리어를 쌓으면 절대 안 된다고 누군가 말한 적이 있었다. 기사에도 제너럴리스트의 종말이란 문구가 나타났다. 인공지능이 대체하기 딱 좋은 직종이 제너럴리스트라고 분석한 글도 있었다. 하지만 신의 목소리가 인류에 들리지 않는 이상 누가 앞날의 진실을 알 수 있을까. 우리가 지금 사양산업이니, 곧 끝날 직종이니, 미래의 각광 직종이니 떠들어도 언제 어떻게 변할지 모른다. 한 치 앞을 알 수 없는 게 인간이라면 말이다. 자율 주행 자동차가 나와 사람들이 운전을 안 하게 되면서 운전 기술이 퇴화되었다고 생각해 보자. 그러면 복고 열풍이 불어서 사람이 운전하는 차를 타는 경험이 매우 특별해질 수도 있고, 그에 따른 프리미엄 시장이 생길 수도 있다. 알 수 없다. 세상의 흐름을 파악하고 그저 거기에 나 자신을 맡길 뿐이다. 일단 해 보면 나는 성장할 것이라 믿는다. 그리고 어느새 나는 세상의 흐름과 같이하게 될 것이다. 매 순간 일단 해 볼 것이기 때문이다.

당신도 그동안 미뤄 왔던 일이 떠오른다면 일단 실행해 보면 어떨까. 그러면 시도 자체가 당신을 어딘가로 데려가 어제와는 다른 모습의 당신을 만나게 해 줄지도 모른다. 궁금하지 않은가? 어딘지 조금 달라 보이는 당신의 모습이 말이다.

3

올바른 피드백을 위한 한 가지 질문

"○○ 님, 잠깐 이야기 좀 나눌 수 있을까요? 작업한 제안서가 마음에 안 드네요. 일단 논리적으로 허점이 너무 많아요. 여기에 이러한 분석 툴을 사용한다고 했는데 근거가 무엇이죠? 그리고 제안서에서 강조하는 포인트가 항상 약해요. 우리 회사 강점은 기술인데, 거기에 대한 설명이 너무 빈약해요. 기술적 차별성에 대한 이야기가 전혀 없어요. 글로벌 수준과 비교해서 무엇이 강점인지 이런 부분들이 녹아 있어야 해요. 제가 반복해서 이야기하는데 계속 잘 안되네요."

나는 말하는 동안에도 구구절절 옳다고 생각했다. 하지만 듣는 이의 표정이 좋지 않다. 나는 이유를 알고 있다. 왜냐하면 그는 이 말을 세 번째 반복해서 듣고 있기 때문이다. 지난번 제안서를 작성할 때도, 그 전에도, 그 전전에도 똑같은 피드백을 주었다. 마음이 답답했다. 이게 왜 안 되는 건지 도저히 이해가 가지 않았다.

논리 분석을 도와주는 책도 소개해 줬고, 거의 30분 동안 자세하게 방법을 알려 주기도 했다. 이해했느냐고 물어보니까 이해했다고 대답했다. 심지어 그런 논리적인 분석 툴까지 정리해서 알려 줬다. 그런데 왜 이렇게 제안서가 안 나아질까.

사실 나도 피드백을 계속 반복해서 하다 보니 헷갈렸다. 그냥 답답해서 이야기하는 건지, 지적하고 싶어서 하는 건지, 아니면 다음에 좀 더 잘하기를 바라는 마음에서 하는 건지 알 수 없었다. 그저 피드백이란 올바른 이야기라고 생각했다. 그래서 의무감을 가지고 잘 전달하려고 했다. 피드백이 얼마나 논리적이고 합리적인지에 대해서만 집중했다. 그러나 내 말은 상대방에게 도움이 되지 않았다. 받아들이는 동료들이 잔소리라고 생각하거나, 그냥 부정적인 의견 자체에만 집중하는 바람에 감정이 상하기만 했다.

고민했다. 다양한 피드백 관련 책들을 읽기도 하고, 여러 가지 스킬을 적용해 보기도 했다. 이렇게 해라, 저렇게 해라 하고 알려주는 가이드들은 상황과 맥락에 맞게 잘 적용해야 했는데, 나는 그게 어려웠다. 오히려 분위기를 어색하고 딱딱하게 만들기도 해서 난감한 적도 있었다.

그러다 문득 질문 하나가 떠올랐다. '나는 왜 피드백을 주려고 하고 있지?' 생각해 보니 피드백은 상대방에게 도움을 주기 위해서 하는 것이다. 나는 상대방 입장을 생각하지 않았다. 이게 정말 도움이 되는지 안 되는지 전혀 고려하지 않고 있었다.

나의 피드백이 상대방에게 별로 도움이 되지 않는다는 사실을 발견했다. 그저 피드백을 위한 피드백이었다. 내가 하고 싶은 말을 상대방에게 전달만 했을 뿐이었다. 그래서 피드백을 하고 싶은 마음이 들 때마다 스스로에게 한번 물어보았다.

어떻게 해야 상대방에게 도움이 될까?

이 질문은 여러 가지 면에서 유용했다.

첫째, 굳이 안 해도 되는 피드백을 줄일 수 있었다.

어떤 피드백은 안 하는 게 오히려 더 도움이 된다. 상대방이 이미 무엇을 해야 하는지 알고 있는 상황에서는 기다리는 게 오히려 그에게 도움이 된다. 무언가를 하려는 사람에게 어설프게 피드백을 주면 그의 의지 자체를 꺾을 수 있다.

쓸모없는 피드백을 과다하게 주는 건 복잡하게 기능만 많은 핸드폰 어플과 같다. 스타트업 서비스를 보다 보면 이게 왜 있는지 모를 정도로 기능이 많은 앱 서비스가 눈에 띈다. 하루하루 습관 기록을 도와주는 서비스가 있었다. 그런데 여기에 자기 계발에 대한 콘텐츠를 올리는 게시판, 사람들과 채팅하는 기능 등등이 덕지덕지 붙어 있었다. 나는 습관을 기록하고 잘 정리된 데이터로 보고 싶을 뿐인데, 이 기능들 때문에 사용이 불편했다.

대표들에게 왜 이런 기능을 만들었느냐고 물어보면 다들 고객에게 도움이 될 것 같아서라고 이야기한다. 하지만 정작 도움이 되기보다는 그저 불편할 뿐이다. 진정으로 도움을 주는 길은 이런 기능들을 없애고 핵심에 집중하는 것이다. 최대한 많은 내용을 알려 준다고 더 도움이 되는 건 아니다. 특히 반복해서 이야기를 들었고, 한창 고치려 노력하는 상대방에게 다시 한번 피드백을 주고 시간을 더 오래 할애해서 이야기하느니 안 하는 게 낫다. 침묵도 최고의 피드백이 될 수 있다.

둘째, 상대방을 더 잘 이해하게 되었다.

피드백이 진짜 도움이 되는지 확인하려면 상대방이 어떤 상황에 처해 있고, 왜 그렇게 행동하는지 잘 알고 있어야 했다. 그러다 보니 "이거는 왜 이렇게 했어요?", "이러한 방식을 선택한 이유가 있어요?" 이런 질문들을 상대방을 이해하기 위해 던지게 되었다.

물론 피드백 내용을 잘 정리하는 것은 중요하다. 하지만 내용에 집중하다 보면 상대방의 입장을 자주 놓치게 된다. 앞에서 언급한 제안서 작업 케이스가 그랬다. 알고 보니 그 직원은 나의 조언들을 꼼꼼히 적어 놓고 제안서를 쓸 때마다 상기하며 더 잘 쓰려고 매번 노력했다. 다만 경험이 부족해서 작성한 제안서 수준이 높지 않았다. 그러다 보니 내 피드백이 반영되지 않았다고 판단하게 된 것이다. 이런 상황에서 똑같은 피드백을 계속했으니 그에게 도움이 될 리 없었다. 오히려 피드백을 주기보다 내가 직접 작업해서 결과물을 보여 주거나 같이 작업을 하는 게 더 낫다. 그렇게 하면 내가 원하는 수준을 직접 체험할 수도 있다.

셋째, 피드백이 왜 도움이 되는지 상대방에게 설명할 수 있게 되었다.

'어떻게 해야 상대방에게 도움이 될까?' 이 질문은 상대방에게 도움이 될지, 안 될지 나로 하여금 사전에 충분히 생각하게 만든다. 그러다 보니 상대방 입장에서 내 피드백을 친절한 조언으로 받아들이는 경우가 늘어났다. 물론 상황에 따라서 잔소리나 혼내는 걸로 받아들이기도 했다. 하지만 나는 상대방에게 도움이 될 것이라는 나름의 확신을 갖고 임했기 때문에 후회하는 마음이 별로 들지 않았다. 그 후는 상대방의 몫이라고 생각했다.

사실 이외에도 상대방에게 정말 도움이 되는 피드백을 주기 위해서는 필요한 게 많다. 대화 스킬, 상대방과 업무에 대한 이해도, 인내심 등 필요한 자질들이 많다. '어떻게 해야 상대방에게 도움이 될까?' 하는 질문은 최소한의 방향과 관점 역할을 해 준다. 우리가 좋은 서비스를 만들 때 고객 입장에서 생각하듯이, 피드백을 할 때 상대방 입장에서 할 수 있게 도와준다. 그리고 관점의 힘은 강력하다.

회의를 할 때 목적을 먼저 떠올리듯이, 피드백을 할 때 항상 스스로에게 질문해 보자.

이게 도움이 될까?

당신이 이 질문을 품는 동안 상대방과의 거리가 좀 더 좁혀질지도 모른다. 바쁜 일과 중에는 보이지 않던 상대방의 숨은 매력과 허물, 그것을 가만히 바라보는 당신. 당신은 질문이 이끄는 대로 따라가다 사람의 묘한 무늬를 발견하게 될지도 모른다. 당신의 퇴근길에 멋진 풍경이 함께했으면 좋겠다.

4

직장인에게 여유를 주는 정리의 법칙

집 안 여기저기에 옷과 책, 먼지 들이 놓여 있으면 어떨까? 평소에 쉽게 걸을 수 있는 공간이 한 걸음, 한 걸음 신경 써서 움직여야 할 불편한 장소가 될 것이다. 집 안은 주기적으로 정리하지 않으면 움직이기 어려운 공간이 된다. 그리고 좀 더 어지럽혀지면 물건 찾는 것마저 힘들게 된다. 회사 업무 또한 마찬가지다. 잘 정리되어 있지 않은 업무 더미들을 보면 한숨이 절로 나온다. 무엇을 해야 할지, 어떻게 해야 할지 생각조차 하기 싫어진다. 정리가 되지 않은 채 일을 하면 어떻게 될까? 정리되지 않은 집에서 생활하는 것처럼 일 하나하나 해 나가는 게 쉽지 않게 된다. 복잡한 환경에서 일을 하다 길을 헤매게 되는 경우는 비일비재하다.

분명한 사실은 편리한 생활을 위해 집이 너저분해지면 정리를 해야 하는 것처럼, 우리 업무도 효율적인 일 처리를 위해서는 정리가 필요하다는 것이다. 복잡한 걸 단순하게 해야 효율이 높아지기 때문이다.

일본의 정리 전문가 곤도 마리에는『인생이 빛나는 정리의 마법』에서 두 가지 원칙을 통해 정리를 통찰했다.

"완벽한 정리를 위해서는 두 가지 원칙을 지켜야 한다. '물건을 버릴지 남길지 결정하는 것'과 '물건의 제 위치를 정하는 것'이다. 물건을 남길지 버릴지 결정은 그 물건을 대했을 때 설레는지 여부로 판단한다. 제 위치를 찾아 주는 것은 '수납' 요령이다."

나는 이 원칙을 기반으로 복잡하게 얽혀 있는 업무들을 정리하는 방법에 대해 설명하고자 한다.

제1원칙인 물건을 버릴지 남길지 결정하기는 업무 정리 관점으로 해석하면, 해당 업무에 대해 일을 해야 할지 말아야 할지를 결정하는 것이다. 일을 하기로 정했다면, 업무 범위를 어디까지 정할지 결정해야 한다.

당연히 해야 한다고 생각하는 업무들 중 굳이 안 해도 되는 게 숨어 있다. 안 해도 되는 업무만 잘 골라내도, 지금 하고 있는 업무는 무조건 단순해진다. 중요한 건 진행 여부를 결정할지 말지를 정하는 기준이다. 곤도 마리에는 '설렘'이라는 기준으로 버릴지 말지를 결정해야 한다고 했다.

업무에도 진행 여부를 결정할 수 있는 중요한 기준이 있다. 바로, '왜'라는 질문이다. '이 업무를 왜 해야 하지? 이 업무의 목적과

목표가 무엇이지?' 우리는 자주 잊어버리지만 이 질문은 마법처럼 놀라운 도구다. 일을 위한 일은 바로 이 질문을 망각하기 때문에 생겨난다.

예를 들어, 우리 회사에서는 분기에 한 번씩 타운홀 미팅을 한다. 타운홀 미팅이란 전 직원이 모여 대표의 의견과 생각을 공유하고 직원들의 의견을 들어 보는 시간이다. 기획 회의를 하다 보면 끊임없는 아이디어가 마구 쏟아진다. 그리고 타운홀 미팅 준비를 하다 보면 여러 리더들이 한 마디씩 보태고 사라진다. 동료들과 임원들의 소중한 아이디어라고 타운홀 미팅에 모두 다 욱여넣는다면, 우리는 세 달 내내 타운홀 미팅을 준비하는 데 시간을 할애해야 한다.

우리는 딱 두 가지만 했다. 무수히 많은 일거리들 중에 무엇을 할지 말지 결정하는 데 도움을 준 질문은 '우리가 왜 굳이 타운홀 미팅을 하는가?'였다. 이 목적을 달성하지 못할 것 같은 아이디어는 가차 없이 잘랐다. 물론 임원들에게 '잘' 대답하기는 했다. "아이디어는 참 좋은데 이번 기획 때는 못할 것 같아요." 그래도 계속 하라고 하면 목적을 들먹이면서 가감 없이 솔직하게 이야기했다. "우리 목적은 이것인데, 제안한 아이디어가 과연 이 목적 달성에 도움이 될까요?"

우리는 어떤 업무를 할지 말지 결정을 했다. 그런데 그런 식으로 하다 보니 수많은 서브 업무들이 마구 생겨나기 시작했다. 만약, 큰 틀에서 업무를 하기로 했다면 그것의 범위를 어디까지 할지 명확하게 선을 그어야 한다. 안 그러면 굳이 안 해도 되는 일들이 끊임없이 생겨나고 상황은 점점 더 복잡해진다. 버려야 할 업무들은 쌓아 두면 정리를 방해할 뿐만 아니라 회사 생활을 더 복잡하게 만든다. 야근과 추가 근무는 비효율적인 업무에 자연스럽게 따라오는 결과이다. 회사 안팎에서 시간을 조금이라도 더 소유하고 싶다면 업무를 잘 골라내서 버려야 한다.

제2원칙인 물건의 제 위치 정하기를 업무 정리 관점으로 해석하면, 내 마음이 지금 내가 해야 하는 업무에 놓일 수 있도록 단단하게 고정하기가 된다.

위치를 찾아 준다는 건 물건이 마땅히 있어야 할 곳에 놓인다는 의미이다. 그렇다면 어지럽혔다는 건 무엇일까? 신발이 신발장이 아닌 현관 어딘가에 널브러져 있거나, 수건 빨래가 바구니가 아닌 식탁 의자에 걸려 있을 때 어지럽혀져 있다는 표현을 쓴다.

우리의 마음도 마찬가지다. 지금 하고 있는 업무에서 마음이 다른 일을 기웃거릴 때 복잡성의 밀도는 더 높아진다. 회의 중이라면 거기에 집중해야 하는데 자꾸만 잠시 멈춰 둔 일이 생각나는 경우가 종종 있을 것이다. 내 마음이 제 위치에 있지 않고 다른 곳에 있기 때문이다. 당연히 회의뿐만 아니라 업무도 제대로 진행되지 않는다. 자기 자리에 앉아서도 마찬가지다. A 업무를 하고 있으면 거기에 계속해서 집중해야 한다. 갑자기 B 업무가 생각나고, C 업무가 생각나면서 왔다 갔다 하면 내 마음과 업무가 널브러져 있는 거나 마찬가지다.

사실 내가 그랬다. 단순 반복 업무는 잘 집중해서 해 나갔다. 그런데 무려 80쪽 분량의 제안서를 작업할 때는 쉽게 업무들이 널브러졌다. 흰색 바탕에 검은색 깜빡이만 존재하는 화면을 보는데 자꾸 다른 업무 생각이 났다. 제안서 몇 줄 쓰다가, '아이고, 이메일 보내야지' 하면서 이메일 창을 열고, 별로 중요하지 않은 메일을 쓰는 데 열중했다. 다시 제안서 작업으로 돌아와 일을 하다가 지난번 보냈던 메일에 대한 답변을 받지 못했다는 생각이 났다. 별로 중요한 사안이 아닌데도 괜히 전화해서 왜 아직 메일을 보내지 않느냐고 물어봤다.

중요하고 어려운 제안서 작업에 내 온 마음을 쏟아도 모자랄 지경인데 그러질 못했다. 그러다 보니 이것저것 기웃거린 일들 때문에 업무가 복잡해졌다. 결국 데드라인 다 되어서야 있는 시간, 없는 시간 쪼개서 겨우 완성했다. 당연히 제안서의 품격은 형편없었다.

업무를 정리하면 회사 생활에 여백을 주는 효과가 생긴다. 복잡하게 얽혀 있는 업무와 분주한 마음의 실타래를 풀어 보면 업무들 사이사이에 여백이 생긴다. 나의 업무들이 내 마음의 자리를 잘 찾아가면 지금 하는 업무는 딱 한 개밖에 남지 않는다. 그리고 그 업무에서 다른 업무로 넘어갈 때 우리는 여백을 갖게 된다. 이 여백은 마음의 여유로 이어지고 비로소 우리는 정리의 기쁨을 누릴 수 있게 된다.

업무가 정리되면 회사 생활 또한 그렇게 된다. 정리를 하면 여백과 여유가 생기고, 우리는 더 많은 것들을 볼 수 있게 된다. 당신도 곤도 마리에의 조언에 따라 야근과 주말 근무를 불러일으키는 업무들을 잘 정리해 보면 어떨까?

5

스승이 된 신입 사원

"HR 담당자입니다. 3월 14일 오전 9시부터 출근하시길 바랍니다. 입사 시 준비해야 하는 서류는 다음과 같습니다. 궁금한 사항 있으시면 언제든 문의하세요. 첫 출근 때 밝은 모습으로 뵙겠습니다."

우리는 입사 안내 메일을 받고, '첫 출근'을 경험한다. 경력 사원의 이직도 마찬가지다. 회사에 들어가는 첫날이 있고, 첫 주, 첫 달이 있다. 나는 HR을 하면서 다양한 신규 입사자들을 경험했다. 그중에서 입사 초기부터 유난히 쉽게 적응하고, 빠르게 성장해 핵심 인재로 거듭난 직원들이 있었다. 그들은 나에게 회사에서 첫 일주일을 보내는 방법에 대한 가르침을 주었다. 직접적으로 가르쳐 준 건 아니었다. 그저 행동으로 보여 주었을 뿐.

입사 첫날, 첫 주, 첫 달 그들은 어떻게 달랐을까?

일단 그들은 질문과 호기심이 많았다. 우리 회사의 경우, 신규 입사자의 첫날에 HR에서는 회사 정책 소개, 전반적인 가이드에 대해 이야기한다. 그리고 꼭 회사 사업을 상세하게 설명한다. 우리 회사가 기술을 사업화한 방법과 과정, 투자를 받은 이유, 향후 사업 계획 등이 40분 동안 이어진다. 나는 가급적 설명하는 중간에라도 질문이 있으면 해 달라고 했다.

사업 설명을 하는 시간 동안 거의 5분에 한 번씩 끊임없이 질문을 하는 개발자가 있었다. 기술에 대한 질문만 한 건 아니었다. "우리 회사에서 제일 중요한 고객사는 어딘가요? 그리고 왜 그렇죠? 그 고객사는 도대체 왜 우리 같은 작은 회사에 돈 주고 기술을 제공받는 거예요?" 사업과 투자에 대한 질문을 비롯해 광범위한 질문들이 이어졌다. 시작한 지 한 시간 반이 지났고, 점심때까지도 끝나지 않았다. 나는 최대한 자세하게 답변을 하고 싶어서 그와 점심을 먹었다. 나도 신나서 점심시간이 끝날 때까지 질문에 답변을 했다. 같이 시간을 보내는 내내 '정말 호기심이 많은 개발자분이네'라는 생각이 떠나질 않았다.

「하버드 비즈니스 리뷰」에서는 호기심 많은 직원이 많을수록 성과가 높아진다고 주장했다. 호기심 많은 직원과 리더는 의사 결정을 내리기 전 합리적으로 생각하며 더 창의적인 해결책을 찾아내고, 동료들과 더 자유롭게 정보를 공유하고, 서로의 말을 더 주의 깊게 듣는다는 사실이 실험을 통해 발견됐다.

입사할 때 보면 유난히 호기심이 많은 동료들이 있었다. 자기 분야뿐만 아니라 다른 영역에 대한 궁금증도 많았다. 그들 중 대다

수는 실제로 빠르게 성장했고, 회사의 핵심적인 역할을 수행했다.

회사라는 조직에는 자기 역할이 있고 팀이 있는데, 다른 부서나 직군과도 밀접하게 연결되어 있다. 예를 들어, 채용을 할 때도 우리 회사 사업을 이해하고, 개발자들의 기술을 얼마나 정확하게 이해하느냐에 따라서 채용 공고에 들어가는 문구들이 달라진다. 한 문장 한 단어가 달라질 뿐이지만, 개발자들은 그 문구를 보고 지원을 하게 된다. HR에서 기술에 대한 이해가 높을수록 더 적합한 인재를 데려올 가능성이 높아진다. 이렇게 전혀 다른 업무들로 보이는 영역들은 밀접하게 연결되어 있다. 그렇기 때문에 광범위한 분야에 대해 호기심과 이해도가 풍부할수록 성과가 더 좋아질 수밖에 없다.

그들은 사람을 직접 파악했다. 동료, 경영진, HR, 타 부서 리더들의 성향을 빠르게 익혔다. 자신의 부서 리더로부터 허락을 받고 회사 관계자들과 커피를 한잔하거나, 점심을 같이하는 등 적극적으로 이야기를 나누었고, 회사에 대한 관점을 공유했다.

그들은 하나같이 말했다. 자기가 다양한 사람들과 이야기를 나누는 이유는, 잘못하면 자신이 속해 있는 부서가 회사의 전부가 될 것 같아서라고. 그건 부서 문화지 회사 문화는 아니라고 했다. 리더들, HR, 다른 부서원들의 성향을 잘 파악해야 좀 더 객관적으로 회사를 바라볼 수 있게 된다고 말했다.

한번은 그들에게 '인터넷 회사 리뷰 등을 보면 파악이 되지 않느냐'고 물었다. 그랬더니 '인터넷 회사 리뷰는 주로 퇴직자들이 이직할 때 많이 남긴다. 오히려 이 회사에 애정이 있는 직원들은 이직 생각이 없기 때문에 리뷰 자체를 달지 않는다. 즉, 왜곡되어 있을 확률이 높다. 회사가 정말 싫어서 나간 사람들이 계속해서 리뷰를 달거나, 조작한 경우도 있다. 너무 감정적인 부분은 필터링하고, 팩트로 느껴지는 부분들만 가설로 삼고 검증해 본다'는 제법 긴 대답이 돌아왔다.

그렇다. 결국 회사라는 조직은 사람이 업무를 보는 공간이다. 인공지능 기술을 보유하고 있더라도, 경영 시스템을 갖췄더라도 회사에서는 사람이 일을 한다. 그렇기 때문에 회사 생활에서 '나의 동료들은 누구인가?'에 대한 구체적인 답은 정말 중요한 정보다.

그들은 입사 첫 주에 자기만의 업무 지도를 만들었다. 첫날부터 민첩했다. 업무를 파악하고 정리하는 자기만의 기준과 방법을 갖고 있었다. 입사 첫 주에 과거의 데이터, 파일, 문서를 일주일 안에 빠르게 정독해서 이해하려고 노력했다. 파일은 어디 있는지, 누락된 데이터는 무엇인지, 최대한 빨리 동료들에게 요청해 업무 지도를 완성하려 했다. 그들은 하나같이 이야기했다. 입사 첫 주가 업무를 세밀하게 파악할 절호의 시기라고 말이다. 업무가 본격적으로 시작되고 바빠지기 시작하면, 여유가 없어질 거라고 했다.

문서와 기존 데이터로 대략적인 그림이 그려지면 그때부터는 적극적인 질문을 통해서 업무 지도를 만들어 나갔다. 그들은 '동료들은 누구나 다 바쁘다. 내가 가만히 앉아 있으면 먼저 나서서 설명해 주는 동료는 거의 없다. 설사 질문하더라도 내가 무엇을 모르고, 아는지 이해하면서 설명해 줄 가능성은 더 낮아진다. 그렇기 때문에 먼저 질문하고, 답변을 얻는 방법으로 업무를 파악해야 한다'고 했다.

입사 첫 주가 지나고 둘째 주, 셋째 주가 되자 그들은 어느 영역에서는 입사한 지 몇 년이 된 동료들보다 더 많이 파악하고, 이해하고 있었다. 마치 회사에 1~2년 다닌 직원 같았다. 이들이 업무를 잘하는 건 너무도 당연해 보였다.

그들 모두가 회사에 계속 남은 건 아니었다. 더 좋은 회사에서 이직 제안을 받고 떠난 동료, 상사와의 마찰 때문에 떠난 동료 등 몇몇은 떠나갔다. 그래도 여전히 회사에 남아 핵심 역할을 수행하는 동료들이 있다. 나는 좋은 동료와 함께할 때 많은 것을 배운다는 사실을 깨달았다. 그렇게 자신들의 길을 걷고 있는 나의 마음속 스승들에게 감사와 응원의 마음을 보낸다.

당신에게도 회사에 좋은 스승이 있을 것이다. 그들의 빛나는 자질들이 당신에게 스며들었으면 좋겠다. 만약, 아직 스승이 없다면 유심히 주변을 살펴보는 건 어떨까. 경쟁심, 이기심, 질투심 따위들은 내려놓고 가만히 둘러보자. 그러면 당신의 마음속으로 누군가 천천히 걸어 들어올지도 모른다. 누군가의 장점을 발견하고 닮고 싶다는 생각은 참 근사하다. 당신의 마음이 더 나은 자신을 찾기 위해 한 걸음 나아가는 것과 같기 때문이다. 알고 싶고 배우고 싶다는 열망만큼 미더운 동반자가 또 있을까.

6

직위와 성장의 부적절한 관계

나는 성장한 걸까? 어느새 6년 차 직장인이 되었다. 실무 역량이 쌓였다. 어려웠던 제안서, 보고서 작성, 각종 관리 업무가 수월해졌다. 회사에서 가치도 인정받아 직위와 연봉이 올라갔다. 자연스럽게 부하 직원들도 생겼다. 나의 역할은 실무를 넘어 관리와 의사 결정까지 아우른다. 그리고 업무에 대한 리뷰를 통해 회사에서 원하는 수준으로 결과물을 개선해 나가야 한다.

직위도 올랐고, 의사 결정 권한도 커졌고, 실무 역량도 늘었고, 부하 직원도 생긴 나는 충분히 잘 성장한 걸까? 이대로만 가면 스스로 정말 성장했다고 자신 있게 이야기할 수 있을까?

아이가 자라서 어른이 되듯, 직장인도 초보 시절인 신입 사원에서 성장하여 어른 시기인 관리직이 되어 간다고 생각한다. 그렇다면 어린아이와 어른의 차이는 무엇일까? 어린아이와 어른은 의존성 관점에서 다르다. 아들러는 감정적으로, 신체적으로 의존하는 건 어린아이의 생활 방식이라고 말했다. 어린아이는 생존하기 위해 부모에게 의지한다. 그러다가 점점 자라나면서 학교를 졸업하고, 직장인이 되고, 사회 구성원으로서 스스로 인생을 설계하며 살아가게 된다. 그렇게 어른이 되어 간다.『어른으로 살아갈 용기』에서 어른은 '다 자라서 자기 일에 책임을 질 수 있는 사람'이라고 말한다. 왜냐하면 자라날수록 인생에서 스스로 선택을 해야 하는데, 거기에는 책임이 뒤따르기 때문이다. 책임을 지게 되면서 스스로 점점 독립적이고 주체적으로 살아갈 수 있게 된다. 부모의 품을 벗어나 자신만의 인생을 설계하며 살아간다.

이와 비슷한 원리가 직장인에게도 적용된다. 신입 사원 때 우리는 상사와 동료에게 의존하면서 일을 한다. 회사마다 정도의 차이가 있겠지만 그 시기에는 대부분 의사 결정 권한이 적다. 그래서 대개 업무를 상사에게 물어보고 검토받으면서 진행한다. 그러다가 연차가 쌓이고, 업무 스킬이 증가할수록 자신이 직접 해야 하는 의사 결정 범위가 늘어나기 시작한다. 부하 직원의 결과물에 승인을 해 주고 검토를 자신이 직접 해야 한다. 즉, 자신의 권한이 증가하는 만큼 책임을 져야 하는 상황이 늘어난다. 그렇게 우리는 회사에서 어른 역할을 하기 시작한다. 주도적이고 주체적으로 업무를 진행해야 하는 상황이 많아진다.

여기서 중요한 사실은 권한과 지위가 높다고 어른이 되는 건 아니라는 점이다. 자기가 결정해야 하는 상황에서는 스스로 주도하고, 책임을 질 수 있어야 한다. 아무리 권한이 있고, 실무적으로 우수하고, 지위가 있어도 중요한 결정을 내려야 할 순간마다 부하 직원에게 미루고, 자기가 선택한 결과에 대한 책임을 다른 사람에게 돌리고 있다면 진짜 성장했다고 말할 수 있을까?

외부 환경에 따라 결정을 미루고, 그에 따른 책임도 피하는 모습은 어린아이의 행동 방식이다. 그런 이라면 겉으로 보기에 직위가 높아졌고, 연봉도 올랐고, 사회적 지위도 상승했지만 내면적으로 성장했다고 보기 어렵다. 마치 어린아이가 키도 크고, 외형적으로 성인의 모습을 갖고 있지만 여전히 아이의 행동 방식으로 세상을 살아가고 있는 경우와 같다.

물론 데이터를 보고, 누군가의 의견을 구하는 등의 적극적인 행위를 아예 배제하라는 말이 아니다. 의견들을 충분히 경청하고, 분석하고 논의하면서 최적의 결론을 도출하는 건 당연하다. 그런데 결정해야 할 상황이 코앞에 닥쳤는데도 자꾸 피하거나 미루는 태도는 옳지 않다. 자신이 져야 할 의사 결정 책임을 데이터가 부족하다는 핑계로 부하 직원에게 떠넘기거나 외부 전문가에게 맡겨서는 안 된다.

당신이 하루에도 몇 번씩 들여다보는 거울 속 당신의 모습. 오늘 밤은 그에게 다른 질문을 해 보자.

나는 어른인가? 아직 아이인가?

7

성장을 위해 피해야 할 두 개의 덫

스타트업은 태생적으로 불안한 조직이다. 사업화가 아직 완전히 이루어지지 않은 스타트업은 투자와 정부 지원금으로 버티고 최소한의 자원으로 실적을 올려야 다음 투자를 받을 수 있다. 그런데 이 기간이 매 1년 또는 1년 반 주기로 돌아온다. 스타트업은 계약직이다. 투자자가 다음 라운드 투자 계약서에 사인을 해야만 비로소 생존과 성장이 가능하다. 물론 자체적으로 매출을 올려 손익분기점을 찍으면 안정화될 수 있다. 그런데 계속해서 성장하려면 매출이 아무리 많아도 적자를 각오하고 더 공격적인 자세를 취해야 한다. 직원을 늘려 집중하고자 하는 사업 영역에 모든 자원을 쏟아야 한다. 매출이 가파르게 상승할 때 더 쏟아부어야 성장의 문고리를 쥘 수 있기 때문이다.

스타트업에서 일하는 직원은 항상 불확실한 환경에 놓여 있다. 회사가 성장을 가파르게 하든, 생존 문제에 허덕이든 환경이 어떻게 바뀔지 모르기 때문이다. 상사가 바뀌고 잘 지내던 동료들이 하루아침에 대거 퇴사하거나, 본인의 업무 범위가 순식간에 바뀌기도 한다. 개발자인데 말도 안 되는 잡일을 해야 할 때도 있다. 나름 고스펙의 경영진 중 한 명으로 참가했지만 고장 난 프린터를 고치는 일로 하루를 보낼 수도 있다. 정부 과제 사업비 정산 사이트에서 공인인증이 안 돼 실제 업무는 놔둔 채 종일 허덕일 수도 있다.

불확실하고 불완전한 상황에 있으면 사람들이 얻는 경험도 제각각이다. 모두에게 상황은 그리 다르지 않지만 그것을 바라보는 시각들은 너무 다르다. 그리고 관점이라 불리는 태도에 따라서 그 사람이 얻는 결과물들 역시 달라지곤 한다.

사람마다 관점과 사고방식이 다르듯 성장 속도 역시 그렇다. 업무 범위가 넓어지고 계약서와는 전혀 다른 일을 하고 있는데도 빠르게 성장해서 회사의 핵심 멤버로 도약한 친구. 결국 스타트업 출신이라는 태생적 한계에도 불구하고 유명한 기업의 팀장급으로 들어간 동료. 투자 심사역이 되어서 전 직장에 대한 심사를 하고 있는 동료. 이들은 잘된 경우였다. 어떤 동료는 정말 머리가 뛰어나고 일 처리 속도도 눈부셨지만 생각보다 성장이 더뎠고 회사에서도 도태됐다. 그리고 이직한 회사에서도 잘 적응하지 못했다. 이상했다. 오히려 가진 것이 더 많아 보이는 동료가 성장이 더뎠다. 처음에 정말 저래도 될까 싶을 정도로 열심히 일만 할 뿐 센스라고는 찾아볼 수 없던 동료가 어느 날 갑자기 앞서가고 있는 모습을 목도한 순간은 무척 놀라웠다.

일단 낙관적이었던 동료의 성장 속도가 기본적으로 빨랐다. 주도적이고 수용성 높은 동료는 쭉쭉 받아들이면서 성장했다. 그런데 매사에 다 낙관적이라고 해서 무작정 성공하는 건 아니었다. 오히려 너무 이상적인 부분을 고집하거나 현실적이지 않은 목표를 설정해 본인은 물론 동료들까지 힘들게 하는 경우도 많았다. 개인적인 경험이긴 하지만 생각보다 끈기가 없는 경우도 있었다. 처음에는 열정을 다해 임했는데 온갖 실패와 맞닥뜨릴 때마다 많은 실망을 했기 때문이다.

제일 성장이 빨랐던 동료는 일반적으로 긍정적인 생각을 품었는데, 업무를 볼 때면 현실성을 따져 냉정하게 살피고, 이를 솔직하게 언급하는 행동 패턴을 보였다. 다만 정말 불확실한 상황에서 믿음만 남은 경우에는 두려워하지 않고 업무에 박차를 가했다.

"이런 건 해 봐야 실패할지 성공할지 알 수 있지."

그때 그가 남긴 말이었다. 지금 생각해 봐도 그는 같이 일하기에 너무 좋은 동료였다. 그와 같은 현실적이면서 낙관적인 유형이 함께 일하기도 좋았고, 경험상 성장 속도가 제일 빨랐다. 그런 유형을 현실적 낙관주의자라고 한다.

『좋은 기업을 넘어 위대한 기업으로』의 저자 짐 콜린스는 이에 대해 '스톡데일 패러독스'라는 표현을 썼다. 베트남 전쟁 시절 미 해군 장교 스톡데일은 포로로 잡혔다. 약 8년 동안 수용소에서 수감 생활을 하다, 무사히 다른 포로들과 고향으로 돌아올 수 있었다. 그는 포로 생활을 하는 동안 수용소에서 살아남는 사람들의 공통점을 발견했다. 무조건적인 낙관주의자나 비관주의자는 오래 살아남지 못했다. 현실을 인정하고 수용하되, 희망을 잃지 않는 사람들이 스톡데일과 함께 무사히 고국으로 돌아올 수 있었다. 예를 들어, 낙관주의자는 내년 부활절에는 나갈 수 있겠지, 크리스마스에는 나갈 수 있겠지라는 기대로 희망과 실망을 반복하다 결국 지쳐 갔다. 반면, 크리스마스나 부활절에 나가지 못한다는 사실을 받아들이면서 인내하되, 언젠가는 나갈 수 있다는 희망의 끈을 이어 가는 사고방식을 품은 사람들은 오래 살아남았다.

스타트업, 아니 어쩌면 사는 동안 특정 환경에 놓여 있게 될 우리 모두도 마찬가지다. 맹목적인 낙관주의는 기대와 실망을 반복하고, 비관주의는 불평과 불만으로 인생을 채워 나간다. 지금 나에게 주어진 상황을 온전히 바라보고 직시하되, 꿈을 꿋꿋이 지켜 나가는 사고방식은 회사와 나의 관계를 더 건강하게 만들 수 있다. 회사는 포로수용소가 아니다. 나와 회사는 서로 주고받는 관계에 놓여 있다.

당신은 거기에서 원하는 것을 얻지 못해 마음 한쪽이 허물어진 적이 있을지도 모른다. 그리고 몇 번쯤 그곳으로부터의 탈출을 꿈꿨을지도 모른다. 맹목적인 낙관주의와 비관주의의 덫은 당신이 가고자 하는 길 곳곳에 놓여 있다. 부디 그것들을 피해 오래 살아남아 원하는 곳에 다다르기를 바란다.

8

과거의 망령에서 벗어나는 법

우리에게는 과거가 있다. 좋았던 추억, 슬펐던 상황, 그리고 심한 상처로 남은 순간 등등. 그것들은 문득문득 되살아나 현재에 영향을 미치기도 한다. 나는 리더에게 한 시간 동안 욕설이 섞인 폭언을 들었던 일을 아직도 기억한다. 그토록 믿었던 직원에게 뒤통수를 맞은 일도 생생하게 떠오른다. 그는 원래 연봉 인상 대상자에서 제외될 유력한 후보였는데, 내가 상사에게 열심히 장점을 부각해서 연봉 인상에 성공한 직원이었다. 그런데 어느 날 그가 사람들에게 나에 대한 험담을 하고 있었다. 믿음과 노력이 처참하게 으깨지던 그 순간의 잔상이 좀처럼 사라지지 않는다. 또, 네 살 때 가족에게 받은 상처들, 왕따를 당했던 고통에 대한 기록이 여전히 내 몸 어딘가에 남아 있다.

나만의 이야기는 아닐 것이다. 살다 보면 원하든, 그렇지 않든 우리는 어떤 사건 속에 휩싸인다. 대부분 과거는 기억조차 남지 않을 만큼 희미해진다. 그런데 몇몇 과거는 끈질기게 살아남는다. 어제 일어난 듯 생생하게. 과거는 물리적으로 나에게 어떠한 영향도 끼치지 않는다. 과거의 성과, 출신 대학 등 스펙이라는 형태로 영향을 주긴 하지만 시간이 흐를수록 점점 더 옅어진다. 오히려 세상이 변하면서 과거에 좋지 않았던 부분들이 좋게 작용하기도 한다. 그런데 과거가 우리에게 남긴 감정의 흉터는 다르다. 이것 역시 시간이 흘러 옅어지기는 하지만, 무의식 속에 남아 살아가는 내내 우리를 괴롭힌다. 정신적으로만 힘들게 할 뿐만 아니라, 불면증 등 육체적으로도 영향을 미친다.

'나에게 이런 일이 일어나지 않았다면, 내가 이 사람을 만나지 않았다면, 내가 이 회사를 다니지 않았다면.' 이런 가정법이 머릿속에 줄줄이 등장하는 순간 나라는 사람은 피해자 역할을 자청한다. 그리고 그 역할을 충실하게 담당하는 동안 생각은 점점 과거에 잠긴다. '그때 그 순간을 맞닥뜨리지 않고 다른 길에 들어섰다면 어땠을까. 나는 지금쯤 좀 더 나은 길을 걷고 있지 않을까.' 현재의 삶에 영향을 끼치지 않는 가정에 빠져 허우적거릴 때가 있다. 왜 그토록 과거의 어느 한때에 매달리는지 스스로도 납득하지 못하면서, 자연스럽게 자신을 자학하듯 몰아갈 때가 있다. 그런 생각으로 현실은 조금도 달라지지 않는데, 자꾸만 떠올린다. 그리고 시간이 멈춘다. 나는 과거 속에 사는 인간이 된다.

비단 부정적인 기억만 내 발목을 잡는 건 아니다. 2019년은 개인적으로 많은 성과를 올린 해였다. 그런 성공한 경험들 역시 발목을 잡는 것 같다. 좋은 성과를 낸 후 나는 한동안 우쭐하고 거만한 표정을 지었을지도 모른다. 그런데 그런 모습은 지금을 살아가는 데 전혀 도움이 되지 않는다. 자신감을 갖게 하는 건 좋을 수도 있지만 과거의 성공에서 비롯된 자신감은 자만심과 닮았다. 6개월 전 성공할 때와 지금은 상황이 다르다. 2019년과 2020년은 다른 해이고 주변 환경도 달라졌다. 그리고 무엇보다도 나라는 사람이 달라졌다. 보는 관점도 조금 달라졌다. 성공했든 실패했든, 좋은 기억이든 좋지 못한 기억이든, 과거는 과거일 뿐이다. 그 이상도 그 이하도 아니다.

과거의 망령들과 함께하고 있다는 건 나에게 흐르는 시간이 멈춰 있음을 의미한다. 육체의 나이는 더 늘고 새로운 환경들이 숙제처럼 다가오고 있는데 2000년대 초반의 내가 그대로 남아 있다. 이런 상황에서 회사 생활을 하고 있고 사람들과 소통하고 있으니 잘 작동할 리가 없다. 성장과 행복에 다가가려면 발목을 부여잡고 있는 과거를 끊어 내야만 한다.

발목을 잡고 있는 과거와 헤어지는 일은 쉽지 않다. 내 삶의 일부인지라 쉽게 떨어지지 않는다. 그래도 우리는 더 나은 내일을 위해서라면 어떻게든 그것으로부터 등을 돌려야만 한다. 힘들지만 방법이 전혀 없는 것은 아니다.

첫째, 과거가 내 발목을 잡는 원리를 알아내면 도움이 된다. 우리는 왜 이렇게 행동하는지, 왜 이 상황에서 유난히 기분이 나쁜 건지 잘 모르는 경우가 많다. 그런데 유년기를 비롯해 지금까지 생생히 기억나는 과거가 범인일 가능성이 높다. 과거 사건에 형성된 나의 대응 방식이 저절로 작동해 일어날 가능성이 크다. 정확히 어떤 과거가 나에게 영향을 주는지 그 인과관계를 파악하는 게 중요하다.

나는 누군가 내게 조금이라도 비난을 하거나, 나의 의견에 반대를 하면 굉장히 민감하게 반응하곤 했다. 그런 모습이 스스로 이상하고 낯설어 당황스러울 때도 있었다. 때로는 그런 나 자신이 무척 불편하기까지 했다. 그래서 한동안 그런 습성의 원인을 찾기 위해 많은 생각을 했다. 어렸을 적 나의 왕따 경험은 모두에게 인정받아야 한다는 욕구를 굉장히 강화시켰다. 그때의 생존 본능이 어른이 되어서도 지속된다는 점을 깨달았다. 원리를 깨달으면 내가 무엇을 극복해야 하는지 명확해진다. 쉬운 일은 아니다. 다시는 마주치고 싶지 않은 상처를 들여다봐야 하기 때문이다. 혼자의 힘으로는 쉽지 않다. 전문가의 도움이 필요할 수도 있다. 그 전에 도움이 될 만한 책을 참고하는 것도 괜찮다(개인적으로 이런 책들이 도움이 됐다. 『이 도시에 불안하지 않은 사람은 없다』, 『내 마음인데 왜 내 마음대로 안 되는 걸까?』, 『어른으로 살아갈 용기』). 책을 읽은 후에도 여전히 엉킨 마음이 풀리지 않았다면 꼭 상담을 받아보기 바란다.

둘째, 인정이다. 과거를 극복하려면 현재의 삶이 과거로부터 영향을 받고 있다는 사실을 인정해야 한다. '나는 다 극복했어'라며 자기기만 상태에 빠지는 경우는 아주 흔하다. 좀 더 냉철하게 자신을 들여다볼 필요가 있다. 그리고 과거에 발목 잡힌 현실을 담담하게 수용해야만 한다. 이를 실행하기 위한 제일 좋은 방법 중에 '알아차림' 훈련이라는 게 있다.

알아차림이란 지금 나에게 무슨 일이 벌어지고 있는지 깨닫는 것을 말한다. 이 훈련으로 내가 어떤 감정을 느끼는지 분명하게 알 수 있게 된다. 내가 분노하고 있는지, 짜증내고 있는지, 내 몸에서 정확히 무슨 일이 일어나고 있는지, 거기에 어떻게 반응하고 있는지 의식적으로 알아차리는 것이다.

알아차림의 순간 우리는 객관적으로 나 자신을 바라볼 수 있다. 자신을 객관적으로 바라보다 보면 과거의 잔재로 남은 감정들까지 어느 순간 통제할 수 있게 된다. 그리고 과거에 지배당할 필요가 없다는 깨달음을 자연스럽게 얻게 된다. 알아차림에 익숙해져 언제 어디서든 자신의 마음을 살필 수 있다면, 과거의 상처들이 자극할 때마다 스스로를 보호할 수 있게 된다. 일종의 명상을 통해 알아차림을 훈련할 수도 있다. 나는 개인적으로 순간순간 기도하면서 내게 어떤 일이 일어나고 있는지 파악하는 훈련을 하고 있다.

우리는 과거에 함몰된 의식을 꺼내 와 지금 이 자리에 다시 놓아야 한다. 그래야 멈췄던 시간이 흐른다. 당신이 과거의 포로가 돼 있는 동안 환경은 점점 바뀐다. 기술을 앞세워 진격하는 문명은 늙거나 둔감한 이들을 배제하려 한다. 아직 젊은 당신은 조금 더 시대의 변화와 동행해야만 한다. 지금 당장 당신의 발목까지 엉겨 붙은 과거를 털어 냈으면 좋겠다. 그리고 당신이, 새날을 향해 경쾌하게 나아갔으면 좋겠다.

9

수호천사가 다녀간 흔적

나는 무능한 리더였다. 자리를 잘못 잡은 사회적 기업, 스타트업을 전전했다. 불확실성이 높은 조직에 있다 보니 본의 아니게 리더 역할을 사회생활 초창기부터 했다. 실무를 잘하는 것도, 리더십 역량이 풍부한 것도 아니었다. 리더십 역량은 최악이었다. 그런데 놀랍게도 팀이 안정적으로 성과를 낼 때가 있었다. 그것도 자주. 내 곁에는 수호천사처럼 머물던 최고의 조력자들이 항상 있었다. 그분들 덕에 팀을 잘 이끌어 나갈 수 있었다. 스스로 부족한 게 많은 리더였기에, 조력자들의 존재 유무는 내게 정말 중요한 요소였다. 훌륭한 팀은 뛰어난 리더와 능력 있는 팀원들의 조합으로 만들어진다고 생각했다. 그것들 중 우선순위를 뽑자면 당연히 리더의 역량이다. 하지만 많아야 10명 적으면 3명 정도인 팀에서 한 명, 한 명의 영향력도 결코 무시할 수 없다. 경험상 훌륭한 팀원은 부족한 리더를 잘 이끌고 갔다.

앞으로 이어질 내용은 내가 지금까지 만났던 훌륭한 팀원들의 행동 양식에 대한 것이다. 물론 상황마다 다르고 최악 중 최악의 리더에게는 통하지 않을 수도 있다. 그래도 경험이 미천한 나 같은 리더를 잘 이끌어 나간 그분들을 관찰하면서 하나하나 기록한 결과물이니 성장하는 데 도움이 될 것이다. 특히 몸담고 있는 팀의 리더와 동료들이 별로라 생각될 때, 내가 할 수 있는 게 없다는 생각이 들 때 분위기 쇄신을 위한 팁이 될 수도 있다.

그들은 리더의 사소한 말조차 경청하고 공감했다. 리더도 사람이다. 어떻게 보면 감정 노동자에 가까울 수도 있다. 좋은 리더가 되고 싶지만 부족한 자질로 자신을 자책하는 리더도 있고, 능력의 한계로 슬픔을 느끼는 리더도 있을 수 있다. 왜? 사람이니까. 분위기 쇄신의 시작은 우리의 리더가 기계가 아니라 사람이라는 자명한 사실에서 비롯된다.

누군가의 말에 공감한다는 건 직위를 떠나 사람에 대한 기본적인 존중을 표현하는 방식 중 하나이다. 그리고 공감함으로써 그 사람을 더 깊이 이해할 수 있다. 팀 내에 서로가 서로를 이해하는 팀원이 많아질수록 더 끈끈한 집단이 되는 건 너무도 당연하다. 한 명의 팀원이 한 명의 리더를 더 이해하고, 공감할수록 그 팀의 유대감은 높아질 것이다. 부하 직원의 행동을 변화시키는 최고의 방법 중 하나는 경청과 공감이다. 리더도 마찬가지다. 리더를 변화시킬 수 있는 최고의 방법도 경청과 공감이다. 사람이기 때문이다.

나의 수호천사들은 리더와 팀원 사이에서 중재자였다. 어느 집단을 보더라도 리더의 성향과 맞지 않는 팀원이 꼭 있기 마련이다. 그런 상황은 달리 생각하면 팀 목표를 달성하기 위한 기회가 될 수도 있다. 어느 한쪽 편을 들기보다 중간자 입장에서 팀 목표를 염두에 두고 둘 사이를 중재해 보자. 어쩌면 용기가 필요한 일이다. 리더의 편견에 맞서야 할 때도 있고, 팀원의 무분별한 언행을 직접 제지할 상황이 전개될 수도 있다. 그러다 보면 누군가에게 미움을 받을 수 있다. 그래도 팀의 목표를 부각시키며 둘의 관계를 중재하다 보면 팀원과 리더를 올바른 길로 인도할 수 있다. 끊임없이 목적을 상기시킬수록 리더를 포함한 팀 내에 공동 목표가 감정보다는 더 중요한 위치를 차지하게 된다. 우리가 이것을 왜 하는지 아는 팀은 목적 아래에 하나로 뭉칠 수밖에 없다. 리더를 포함해서 말이다. 목적 아래에 있는 갈등은 갈등이 아니라, 어떻게 하면 목적을 달성할 수 있을까 논의할 수 있는 고민의 장이 된다.

수호천사들은 자기 인생의 리더라고 생각했다. 스스로 선택에 책임을 지곤 했다. 주어진 업무 범위 내에서 선택하고 책임을 다했다. 리더가 바보같이 결정을 못하고, 책임을 회피하려 하면 스스로 나서서 의사 결정을 하곤 했다. 더 선택하고 책임을 질수록 한 명의 영향력은 커졌다. 이런 팀원이 많아질수록, 리더도 덩달아 책임을 더 지려고 할 것이다. 사람은 누구나 자신만의 부끄러움을 갖고 있다. 그러니 내가 먼저 손을 내밀고 솔선수범해 보면 어떨까? 리더를 위하거나 팀을 위해서가 아니다. 나 또한 내 삶의 리더다. 나만의 주도적인 삶을 위한 최선의 선택을 하는 것이다.

수호천사들과 함께한 시간들은 꽤 뜨거웠다. 그들은 목적을 지속적으로 말해 상기시켜 주곤 했다. 어떻게 해야 할지 무엇을 해야 할지 가닥이 안 잡힐 때 사람들은 종종 일의 목적을 잊어버리곤 한다. 리더도 마찬가지다. 무엇을 할지 일일이 따지는 동안, 일의 중요한 목적은 슬그머니 자리를 비운다. 한 번씩 진행하고 있는 업무의 목적에 대해 리더에게 상기시켜 주면 어떨까? 당연히 그런 행동이 꺼려질지도 모른다.

누군가의 머릿속에는 이미 '내가 굳이? 괜히 나섰다가 괜히 된서리 맞으라고?' 하는 생각이 들어섰을 수도 있다. 맞다. 어떤 환경에서는 괜히 리더에게 찍히는 결과로 이어질지도 모른다. 하지만 분명한 사실은 좋은 팀을 만드는 데 스스로 기여할 수 있는 경험을 얻게 된다는 것이다. 좋은 리더와 팀원을 운 좋게 만나서 현재 완벽한 팀이 만들어졌다면 사실 손도 안 대고 코 푸는 격으로 쉽게 목적을 달성할 수 있다. 그런데 그런 기회가 얼마나 자주 찾아올까. 또 찾아온다 한들 그 기회가 자신의 성장과 비례할까.

회사 생활을 하면서 계속 운이 좋기만을 바랄 수는 없는 노릇이다. 중요한 건 내가 할 수 있는 범위를 꾸준히 늘려 나가는 일이다. 정말 최악의 분위기라면 할 수 있는 게 별로 없겠지만, 그렇지 않은 상황이라면 목적을 상기시키는 나의 존재 자체가 팀에 좋은 영향을 줄지도 모른다. 그리고 결국 그 영광은 다시 나에게 돌아오는 선순환을 만들 것이다.

"팀장님, 우리의 목적은 우주의 평화입니다. 피스."

당신이 팀을 위해 던진 한마디 말이 당신에게 날개를 달아 줄지도 모른다. 어쩌면 당신은 이미 누군가의 수호천사다.

10

불편한 선택의 진실

직장인이 승진했다고, 권한이 많아졌다고, 연봉이 높아졌다고 성장했다는 의미는 아닐 것이다. 어른 직장인이 된다는 의미는 자기 일에 대해 주도적으로 선택하고 책임질 수 있다는 것이다. 누구나 주도적으로 선택하고 책임진다면 회사 생활이 한결 훈훈해지겠지만, 그건 사실 쉬운 일이 아니다.

『어른으로 살아갈 용기』에서 심리적, 정서적으로 자립을 한 사람은 전체의 10%에 불과하다고 말한다. 왜 그럴까? 자기 자신을 믿고 선택하고 책임지면 좋겠지만 우리 본능은 그렇게 설계가 되어 있지 않다.『인간 본성의 법칙』에서 인간은 쾌락을 원하고 고통을 피하려는 욕망을 기본적으로 갖고 있다고 설명한다. 선택은 불편하니까 회피하고 싶고, 책임은 더더욱 지고 싶어 하지 않는 게 인간의 본능이다.

나는 타운홀 미팅 프로젝트를 할 때 도망치고 싶었다. 한번은 직원들의 의견을 익명으로 듣고 공유하는 시간을 마련했는데, 상사의 리더십을 지탄하는 말들이 많이 나왔다. 타운홀 미팅이 끝나자마자 지탄의 대상이었던 상사들로부터 타운홀 미팅의 합리성을 문제 삼는 의견들이 쏟아졌다. 그래서 의견을 익명으로 듣던 방식 대신 실명제로 전환했다. 이번엔 직원들로부터 원성이 쏟아졌다. 그 뒤로 타운홀 미팅을 어떻게 설계해야 할지, 정말 고민되었다. 어떻게 하든 욕먹는 일은 정해져 있다는 생각이 들었다. 차라리 타운홀 미팅을 아예 폐쇄하고 싶었다.

주도적인 선택은 어떤 결과가 나오든 내가 책임을 져야 하는 행동이다. 선택을 할 때 그 결과가 어떨지 예측되는 상황은 자주 발생하지 않는다. 잘못된 결과가 나올까 봐 노심초사할수록 선택을 하기가 더 어려워진다. 그래서 선택을 회피하고 누군가에게 미루게 된다. 내가 진행한 타운홀 미팅의 경우가 딱 그랬다. 그 상황에서 나는 주도적으로 방향을 설정하고 다른 사람의 의견은 참고만 했어야 했는데, 지나치게 남들의 의견에 의존해 진행했다. 그러다 보니 이도 저도 아니게 되었다. 방향을 잃어 헤매고 회피하다 끝내 도망칠 곳이 없자, 아예 타운홀 미팅을 없애고 싶다는 생각이 들었다.

우리가 했던 선택이 잘못된 결과로 이어지고 누군가의 비판 대상이 되는 상황은 감정 소모가 상당한 경우가 많다. 그 이유는 '업무 결과 = 자기 존재 가치'라는 잘못된 등식 때문이다. 이런 생각은 선택이 잘못되었을 때 내 존재가 부정당하는 느낌을 받을 수 있게 만든다. 타운홀 미팅도 그랬다. 사실 누군가의 비판으로 내 가치가 낮아지거나 하는 건 아니다. 그저 진행하는 프로젝트에 문제가 생길 가능성쯤은 있을지도 모른다. 그런데 나는 누군가의 비판이 불편하고 괴로웠다.

회사에서 내면적으로 성장한다는 의미는 선택의 순간이 왔을 때 회피하지 않고 나아가는 것을 말한다. 그렇기 때문에 내 안의 불편함이나 불안감과 마주해야 한다.

'이게 실패해서 남들에게 비난받으면 어떡하지? 이거 내가 선택해도 되는 거 맞아? 외부 전문가들 의견은 어떻지? 그 사람들 의견대로 해야 하는 거 아냐? 이거 데이터도 별로 없는데 내가 선택해야 되는 건가? 상사한테 더 물어보고 결정해야 할까? 사실 이거 내 부하 직원 아이디어인데, 잘못되면 걔가 책임져야지 왜 내 책임이지? 멋대로 제안한 건 내 부하 직원이잖아. 걔보고 위에다가 보고하라고 해야겠네.'

불편함과 불안함이 거느린 생각들은 우왕좌왕하기 마련이다. 이 와중에 한 가지 좋은 소식은 이 불편함과 불안함을 마주한 채 선택하는 용기를 낼수록 진정한 성장을 한다는 사실이다. 성장의 열매는 달콤하다. 일단 더 이상 도망갈 필요가 없기 때문에 인생이 더 자유로워진다. 어떤 선택을 하든 더 거리낌이 없어진다. 내가 어떤 상사를 만나든, 어떤 회사를 다니고 있든, 주변이 어떻게 흘러가든, 나에게 주는 부정적인 영향력들을 최소화할 수 있게 된다.

스타트업에서는 '개밥 먹기(Eating your own dog food)'라는 개념

이 있다. 자기 서비스를 만들고 그것을 본인이 직접 실제로 해보면서 개선점을 찾는 걸 의미한다. 그리고 어떻게 서비스를 변화시킬지 계속 선택해야 한다. '개밥'이라는 표현이 말해 주듯이 마음이 아주 불편한 작업이다. 왜냐하면 자기가 정성껏 만든 서비스의 문제점을 스스로 파악하다 보면 불편한 감정이 스미기 때문이다. 결과가 어떻게 될지 확신이 안 서는 상황에서 잘 모르면서도 계속해서 선택해야 한다. 한 번에 옳은 결정을 하면 좋겠지만, 그런 일은 거의 드물다.

하지만 그럼에도 불구하고 고객들이 이야기하는 문제점들을 계속해서 듣고, 잘못된 선택일지라도 지속적으로 빠르게 선택해야 한다. 고객들이 "이거 문제 있는데요"라고 할 때마다 머릿속에서 그게 왜 문제가 될 수밖에 없는지 수많은 변명이 저절로 떠오른다. 회피가 계속될수록 고객들은 어딘가로 사라진다. 성가시고 불편한 일과 맞닥뜨리면 당장은 회피가 편하다. 그것이 주는 은근한 쾌락이 있기 때문이다. 그런데 그게 반복되다 보면 결국 서비스 수준은 정체되고, 장기적으로 실패한 서비스를 만들 수밖에 없다.

반면, 계속해서 듣고 개선하려 노력하다 보면 사람들이 칭찬하는 서비스로 점점 바뀌게 된다. 설사 실패하더라도 여러 번 선택해 보고 시도한 경험들은 고스란히 나만의 자산으로 기록된다. 그래서 다음 서비스를 만들 때도 성공 가능성이 더 높아진다. 이미 성장했기 때문이다. 이는 불편하고 불안한 선택들과 끊임없이 함께해 얻어 낸 값진 결과다.

자신이 선택한 과정과 결과물을 똑바로 쳐다보자. 무언가 잘못된 결과가 보일 경우 똑바로 직시해 보자. 주변의 의견을 듣고 참고하되, 설사 잘못되더라도 오로지 나만의 결정을 해 보자. 더 훌륭한 나로 성장하게 될 것이다.

성장은 개발하는 것이라 생각하지 않는다. 성장은 선택이다. 불편하고 불안한 선택들이 모이다 보면 어느새 우리는 성장해 있다. 어른이 되어 있다. 불편하지만, 회피하고 싶지만, 똑바로 현실을 보는 자신을 선택하는 것이다. 선택하는 순간 성장한다. 선택에는 자기 자신에 대한 믿음 하나면 충분하다. 책임을 져도 내가 온전히 감당할 수 있을 거라는, 어떤 일이 벌어져도 나에게 실제로 미치는 영향을 최소화시킬 수 있을 거라는 믿음 말이다.

당신의 현재 모습은 지금까지 매 순간 당신이 선택한 결과로 만들어졌다. 마음에 드는가? 그렇지 않다면 다가올 날들에는 좀 더 불편하고 불안한 선택을 해 보는 건 어떨까?

11

찾을수록 샘솟는 감사의 마음

그날은 6개월간 진행되고 있던 투자 유치에서 중요한 순간이었다. 우리를 제일 먼저 관심 있게 지켜보던 투자 기관에서 심사를 하는 날이었기 때문이다. 심사가 끝나면 투자 여부와 금액의 윤곽이 드러나는 상황이었다. 담당 심사역에게 연락이 왔다. 목표했던 투자 금액보다 많이 줄었다는 소식을 알렸다. 기존 목표 금액은 무리가 있어, 좀 낮춰 겨우 통과시켰다고 했다. 순간 가슴이 답답했다. 목표 금액을 손에 넣어도 내년이 걱정되는 상황인데 액수가 줄었다는 소식을 들으니 걱정이 앞섰다. 해당 건은 몇 개 기관이 동시에 투자 여부를 검토하는 것이었다. 한쪽에서 투자금을 줄이면, 다른 쪽에도 악영향을 주는 구조였다. 투자 유치를 받더라도, 기대치에 훨씬 못 미치는 수준이 될 가능성이 높았다.

그날은 그 같은 예민한 상황에서 신경 써야 할 다른 업무들이 있었다. 정부 과제 담당자와 세무사의 요청들이 무수히 쏟아졌고 투자 유치 때문에 다른 실무들을 미뤄 둔 상태였다. 일찍 퇴근하고 싶었지만 더 이상 덮어 둘 수만은 없어 어쩔 수 없이 야근을 했다. 밤 11시 업무를 마치고 귀가하다가 가로수 전등과 어우러진 나무들을 물끄러미 바라보았다. 바람에 흔들리는 나무가 마치 내 마음을 대변해 주고 있었다. 나무들 사이를 천천히 걸으며 집을 향했다. 쓸쓸한 하루였다.

그날은 지난 6개월의 지난한 날들과 얽혀 당시 내 감정의 기록에는 최악의 하루 중 하나로 남았다. 그런데 지금 돌이켜 보면 최고의 하루 중 하나로 기록해도 괜찮을 듯싶다. 비록 금액은 줄었지만 투자 심사를 통과한 첫 번째 경험이었다. 스타트업에 입문할 때 나는 투자 유치에 대한 환상을 품고 있었다. 무수히 많은 스타트업 중에 투자를 경험한다는 것은 감사한 일이다. 거기다 우리와 비슷한 단계에 있는 수많은 회사들이 고배를 마셨는데 우리 회사는 끝내 투자 유치에 성공했다. 목표 금액은 달성하지 못했지만 적어도 1년은 버틸 수 있는 자금을 확보했다. 그리고 그때 했던 정부 과제 관련 업무들 때문에 우리가 생존할 수 있는 시간은 더 늘어났다.

왜 그때는 부정적으로만 생각했는지 모르겠다. 더 좋은 방향으로 생각하려면 충분히 그럴 수도 있었는데 말이다. 그때를 곱씹어 볼수록 모든 동료들이 고마웠다. 결국 투자 유치를 할 수 있었던 힘은 우리 회사 구성원인 개발자, 디자이너, 영업팀이 자기 역할을 잘 수행한 데 있었기 때문이다. 이들의 몇 년간 노력들이 더

해지고, 그것을 잘 포장해서 투자 유치와 생존, 성장으로 이어질 수 있었다. 그리고 이는 다시 나의 급여로 돌아왔다. 투자 유치라는 성과와 경험은 그 위에 덧붙여진 또 다른 선물 패키지이다.

'왜, 나는 감사하는 마음이 없었을까?'

그 이유는 내 안에 조건부 감사가 많았기 때문이다. 나는 꼭 특별한 일이 벌어져야만 감사해야 한다는 나만의 규정을 만들어 놓았다. 그것에 못 미칠 시에는 마음이 움직이지 않았다. 무조건 투자 유치 금액이 목표를 초과해야 하고, 야근도 하지 말아야 하고, 추가 업무도 일절 없어야 하고, 누군가 내 업무를 방해하지 말아야 하고, 나를 싫어하는 사람이 없어야 하고 등등. 이런 조건들이 이루어져야만 나는 감사할 수 있다고 내 마음에 선을 그어 놓았다.

하지만 나에게 일어나는 수많은 일들은 내가 전혀 예상하지 못한 방향에서 펼쳐진다. 이런 감사한 마음의 선들을 비웃기라도 하는 듯 양이나 질이 살짝 모자랄 때가 많다. 그런데 설사 모자라더라도 시야를 더 넓게 바라보면 감사할 것투성이다. 내 입장에서는 모자라지만, 그 일이 벌어지기까지 다른 수많은 직원들의 노력들이 더해져 있었기 때문이다. 감사에서 중요한 건 조건을 충족시켰느냐의 문제가 아니었다. 그것은 내가 얼마나 더 많은 것들을 볼 수 있느냐 하는 것에 달렸다. 어떤 일이 벌어지더라도 그 너머를 보다 보면 내가 예상치 못한 선물들이 곳곳에 숨겨져 있었다. 내가 그것을 인지했느냐, 아니면 내 안에 주어진 선만 바라보았느냐에 따라서 나는 선물을 받거나 받지 못했다. 택배에 비유하면, 분명히 집 앞에 택배 선물들이 수북이 쌓여 있는데도 불구하고, 집 문을 열지 않아서 그 택배들이 문드러질 때까지 모르고 지내는 것과 같다. 나는 다행히도 투자 유치와 함께 딸려 왔던 인생의 선물들을 썩기 전에 발견했다.

하나의 현상에서 맥락을 보면 정말 많은 사람들의 노고가 숨겨져 있다. 내가 지금 글을 쓰고 있는 스크리브너라는 앱은 글을 쌓아 두고 브런치 글을 쓰게 만들어 주는 원동력이었다. 2년 정도 꾸준히 글을 써 내려가다 보니 스크리브너는 글 창고가 되었다. 글감이 떠오르지 않을 때면 과거의 것을 불러와 현재와 연결해 글을 계속해서 쓰게 해 준다. 이 앱은 정말 장인 정신으로 만든 소프트웨어 서비스다. 누군가 자신의 인생을 걸고 이러한 서비스를 만들어 준 덕분에 나는 꽤나 체계적으로 과거와 현재를 잇는 글쓰기를 할 수 있다. 아침 식사 반찬들 속에도 수많은 농부의 수고가 녹아 있다. 내가 좋아하는 웹툰에도 매주 마감이라는 압박 속에서 열정적으로 작업을 하는 작가의 노고가 담겨 있다.

더 많은 감사는 일어난 일을 더 넓은 시야와 맥락으로 바라보면서 가능해진다. 그리고 감사를 통해 나는 이 세상과 강하게 연결되어 있다는 것을 느낀다. 감사는 또한 나로 하여금 연결의 의미까지 알 수 있게 만든다. 시야가 좁아 미처 발견하지 못했던 이 세상과 나와의 연결로 삶은 좀 더 풍요로워진다.

"사람들은 감사를 통해서 자신의 삶이 선하다는 것을 인식한다. 결과적으로, 감사는 사람들이 그들 자신보다 더 넓은 세계와 연결되어 있다는 사실을 깨닫도록 해 준다. 다른 사람, 자연, 더 높은 힘과 같은 자신을 넘어선 무언가와 말이다."

– 하버드 헬스 퍼블리싱, 「감사하면 더 행복해질 수 있다
(Giving thanks can make you happier)」

12

직장 생활의 마지막 순간 우리에게 남는 것

내일 당장 나의 '직장인' 생활이 끝난다면 무엇이 남을까? 채용 업무를 하다 보면 50대 중후반 지원자분들이 눈에 띄곤 한다. 그분들 이력서에 자주 등장하는 문구가 있다.

'은퇴하기 전 마지막 회사를 찾는다.'

마지막, 은퇴, 죽기 전, 이런 문구들을 볼 때마다 나의 직장 생활의 끝에 대해 생각하게 된다.

우리 인생에는 직장 생활의 끝이 있다. 늙거나 병이 생겨 더 이상 일을 못하게 될 수도 있고, 갑자기 회사에서 잘리고 새로운 직장을 구하지 못해서 끝이 날 수도 있다. 프리랜서로 활동하게 될 수도 있고, 경제적 자유를 이뤄 아무것도 하기 싫게 될 수도 있다.

직장 생활의 끝은 우리 모두에게 다가온다. 대기업 회장이든, 임원, 말단 사원, 누구도 피해 갈 수 없는 결론이다. 누군가는 기술도 좋아지고 자기 관리를 잘하면 직장 생활을 더 오랫동안 할 수 있다고 말하기도 한다. 맞는 말이다. 그런데 그건 직장 생활의 끝이 연장되는 경우에 불과하다. 근본적으로 직장 생활의 끝을 피할 수 있는 사람은 없다. 시대를 풍미했던 축구 선수, 농구 선수, 전설로 남을 구글, 아마존, 애플, 마이크로소프트의 경영자들 모두 다 마찬가지다. 끝은 반드시 온다.

언젠가 끝이 있다는 것은 직장 생활의 하루는 끝을 향해 가고 있는 과정이라는 의미다. 하룻밤 자고 일어나면 우리의 직장 생활이 끝나는 디데이 숫자가 점점 0을 향해 떨어진다. 우리는 영원히 지속되지 않는 직장 생활을 하고 있다. 그런데 끝은 분명히 있지만, 언제, 어떻게 마무리될지는 아무도 알 수 없다. 스스로 선택하게 될 수도 있고, 회사의 의지로 그만두게 될 수도 있다. 아니면 힘들고 지쳤는데 회사에서 그만두라고 해서, 자의 반 타의 반으로 끝날 수도 있다.

계획 정도는 세울 수 있겠지만 그래도 알 수는 없다. 설사 1년 뒤 그만두기로 결심했다고 해도, 막상 그때가 되면 마음이 바뀔지도 모른다. 1년 뒤에 퇴사하기로 마음먹었는데 갑자기 다음 달에 그런 상황이 벌어질지 전혀 알 수 없다. 우리의 직장 생활은 불확실한 끝을 향해 하루하루 살아가는 과정이다.

그렇기 때문에 지금 내가 소유한 순간들과 하루는 그냥 주어진 게 아니다. 우리는 작은 시간들의 조각들을 모아 직장 생활이라는 그림을 만들어 가고 있다. 마치 퍼즐 한 조각, 한 조각을 맞추듯이 작은 시간의 틈새들이 메워지면 어느 순간에는 더 이상 채울 수 있는 빈 공간이 없게 된다. 삶에서 직장 생활이 끝나는 순간이 온 것이다.

그렇게 이루어진 조각들은 전체 직장 생활을 완성해 나간다. 우리가 생각하는 것보다 오늘 하루, 지금 이 순간들은 소중하고, 그냥 쉽게 흘려보내기에는 참 아까운 시간들이다. 거저 주어지는 것 같고, 늘 그랬듯 또 내년이 무조건 올 것 같지만, 누가 아는가? 당장 내일 이 생활이 갑자기 끝날지 말이다. 언제가 될지 모르지만 끝이 있기 때문에 우리는 하루하루를 소중히 여겨야 한다.

그렇다면 하루하루가 소중하기 때문에 시간을 낭비하지 말고 더 치열하게 살며, 언제 끝날지도 모르니 더 빨리 높은 곳에 도달하기 위해 밤낮없이 노력하면 되는 걸까? 그렇게 해야 후회가 남지 않게 회사 생활을 했다고 말할 수 있을까? 그렇지는 않을 것이다. 우리가 신경 쓰지 않으면 그냥 스쳐 지나갈 만한, 매일 반복되는 작은 일상들이 중요하다. 그런 순간순간들을 소중하게 여기는 게 중요하다.

나는 지난 회사에서 연봉 동결도 당해 보고, 상사에게 폭언도 당한 적이 있다. 3년 전 일인데도 그때 직장 생활은 그다지 기억에 뚜렷하게 남아 있지 않다. 회사에 도움이 됐던 나의 성과들도 이상하게 별로 기억에 남아 있지 않다.

오히려 내게 남은 추억은 동료들과 함께했던 점심시간, 업무가 너무 힘들다고 서로 위로하며 보냈던 저녁 술자리다. 집 방향이 같아서 매번 버스를 같이 타고 다니던 동료와 20분 남짓 주고

받은 일상에 대한 이야기들이 아직 나에게 소중한 추억들로 남아 있다.

분명 나만 그러지는 않을 것이다. 수많은 심리학자들이 똑같이 반복해서 이야기한다. 사람의 행복은 조건으로 결정되지 않고 순간순간의 과정들을 어떻게 느끼면서 사는가에 달렸다고. 소소한 일상이 가져다주는 풍요로움에 대해 몇 번의 실험 등을 통해서 이미 검증되었다.

나의 경험과 다양한 심리학 결과는 우리에게 주어진 순간순간을 선물로 받아들이고, 소소한 일상생활을 소중하게 여겨야 한다고 말하고 있다. 그래야 덜 후회하고 더 의미 있게 회사 생활을 할 수 있다. 『나를 사랑하지 않는 나에게』에서 저자는 사람을 힘들게 하는 것은 거대하고 불행한 사건들이 아니라 일상의 소소한 짜증과 스트레스라고 말했다. 매일매일의 삶에서 쌓여 가는 짜증들은 행복과 건강에 좋지 못한 영향을 미친다고 이야기했다.

즉, 우리 삶에 직접적으로 가장 큰 영향을 미치는 것은 회사에서의 작은 일상들이다. 동료들과 소소하게 나누었던 대화, 아침마다 커피 기계에서 원두가 갈리는 소리 등등. 직장 생활이 다 끝났을 때 결국 우리에게 남는 건 이런 소소한 추억들이다. 그러므로 우리는 반복되는 사소한 일상들을 곱씹어 보고 즐겨야 한다. 주변 동료, 내가 앉아 있는 자리, 그리고 반복되어서 미처 인식하지 못한 여러 가지 소소한 일들에 주의를 기울여 보자. 결국 직장 생활의 마지막 순간 당신이 그리워할 추억들이다.

훗날 당신은 어쩌면 추억의 힘으로 살고 있을지도 모른다. 그 때를 위해 부지런히 좋은 추억들을 쌓아 보는 것은 어떨까? 당신이 직장 생활을 끝내고 소중한 추억들을 하나하나 꺼내어 들여다볼 때, 당신의 눈에 따뜻한 빛이 어렸으면 좋겠다.

마음도 잘 퇴근했나요

회사와 딱 30cm만 거리두기

초판 1쇄 발행 2021년 4월 5일

지은이 양현길
펴낸이 서재필
펴낸곳 마인드빌딩
출판신고 2018년 1월 11일 제395-2018-000009호
주소 서울특별시 마포구 월드컵북로 400 (상암동) 5층 7호
전화 02)3153-1330
이메일 mindbuilders@naver.com

ISBN 979-11-90015-35-6 (03800)